BASTEI LÜBBE

Taschenbücher von KENNETH BULMER
im BASTEI-LÜBBE-Programm:

23 072 Ryder Hook, Der Nova-Mann
23 074 Ryder Hook, Mission Galaxis
23 076 Ryder Hook, Weltraum-Friedhof
23 078 Ryder Hook, Rebell der Sterne
23 082 Gefangen im All
23 084 Vermächtnis der Zukunft

Kenneth Bulmer

RYDER HOOK – WELTRAUM-PIRATEN

BASTEI LÜBBE

BASTEI-LÜBBE-TASCHENBUCH
Science Fiction Abenteuer

Band 23 080

Erste Auflage: Juli 1988
Zweite Auflage: Januar 1989

Deutsche Lizenzausgabe 1988
Bastei-Verlag Gustav H. Lübbe GmbH & Co.,
Bergisch Gladbach
Originaltitel: Lure of the Novamen
Ins Deutsche übertragen von Irene Paetzold
Lektorat: Michael Schönenbröcher
Titelillustration: Luis Royo/Norma Agency, Barcelona
Umschlaggestaltung: Quadro Grafik, Bensberg
Druck und Verarbeitung: Clausen & Bosse, Leck
Printed in Germany
ISBN 3-404-23080-9

1. Kapitel

Ryder Hook folgte dem Mann, an dessen Fersen er sich geheftet hatte, ins *Scalded Cat*. Keine fünf Minuten später fand dort eine Razzia statt.

Dieses Vorkommnis war sicher kein Zufall, denn es handelte sich bei dieser Bar um einen reichlich verrufenen Ort. Eingerahmt von Marmorwänden, polierten Säulen und Plastik-Mobiliar spielte sich so einiges an Gaunereien und Gesetzeswidrigkeiten ab. In diesem Teil der Galaxis wußte so mancher darüber Bescheid, daß man hier Kontakte verschiedenster Art anknüpfen konnte.

Daher behielten die örtlichen Polizeitruppen von Bellamy das Etablissement aufmerksam im Auge und rückten gelegentlich mit starker Besetzung an.

Wie auch jetzt.

Hook, der ganz genau wußte, daß die aufgeregte Schreierei, die die Gäste der Bar veranstalteten, vollkommen überflüssig war, hielt seine schmalen Lippen fest verschlossen. Dieser eindrucksvolle Hüne von einem Mann, der dennoch hager und zäh wie Leder war, achtete tunlichst darauf, im Hintergrund zu bleiben. Wie gewöhnlich trug er unauffällige Kleidung, meistens Overalls in gedeckten Blau- oder Grautönen. Aus dem Grunde fiel Ryder Hook auch jetzt vor den marmorierten Wänden kaum auf.

Als die Polizeitruppen mit ihren Betäubungsgewehren im Anschlag hereinstürmten, um all jene zusammenzutreiben, die nicht clever oder flink genug waren, noch schnell das Weite zu suchen, wich er geschickt zurück.

Hooks Jagdbeute verschwand inmitten einer Gruppe

nackter Mädchen, die sich fliehend Federn und Perlenketten vom Leibe rissen. Männer wie Frauen stürmten kreischend und schreiend den Notausgängen am hinteren Ende des Lokales entgegen.

Von seinem Standort im Schutz einer Säule aus, die allerdings nur kümmerliche Deckung bot, beobachtete Hook das Geschehen. Einige der Gesetzeshüter gingen zu einem Tisch hinüber, hoben das Tuch hoch und zerrten darunter einen zu Tode erschockenen Jüngling und sein Mädchen hervor. Schlotternd klammerten die beiden sich aneinander fest. Zweifellos war ihre Verabredung im höchsten Maße unzulässig. Die Polizeitruppen schenkten es sich, die Rückseite einer Säule als Versteck auch nur in Erwägung zu ziehen.

»Los! Los!« rief einer aus den Reihen der Polizeitruppen und schlug dem Mädchen lässig den Rohrstock aufs Hinterteil. »Bewegt euch schon! Ab nach draußen in den Transporter!«

Hook wußte genau, daß den jungen Mann, sollte er es wagen, sich über die Art und Weise zu beschweren, wie sein Mädchen behandelt wurde, verdammt viel Schlimmeres erwarten würde als der Rohrstock.

Weitere Gäste wurden zusammengetrieben. Das Schreien erstarb allmählich, während die Polizeitruppen unerbittlich ihre Pflicht erfüllten. Der Mann, den Hook seit dem Verlassen des Raumhafens verfolgte, hatte hier — wenigstens soweit Hook es sehen konnte — keinen Kontakt aufgenommen.

Der Bursche hatte sich an einem Tisch niedergelassen, etwas zu trinken bestellt, sich zurückgelehnt und um sich geschaut, bis dann plötzlich der Zirkus losging.

Hook wußte, daß der Kerl Organson hieß. Er war Geschäftsführer einer Wirtschaftsorganisation, ein schlanker, schmucker Typ, von dem es aber hieß, er verstünde sich auf Kartentricks und ließe sich auch ansonsten nicht zum Narren halten.

Nun, Organson war wohlbehalten aus dem Lokal entkommen. Ryder Hook hingegen nicht.

Von seinem Versteck aus verfolgte Hook, wie die Polizeitruppen die Gäste wie eine Herde zusammentrieben, sie dann aufteilten und in die wartenden Mannschaftswagen führten.

In diesem Augenblick war es wenig sinnvoll, einen Fluchtversuch zu starten.

Einige der Gäste durften nach sorgfältiger Durchsuchung und kurzem Wortwechsel ungehindert gehen.

Die Befragung schloß auch eine genaue Überprüfung der Kreditkarte mit ein, die jeder am Handgelenk trug. Von dem Augenblick an, da eine Person alt genug war, sich aufrecht in Geschäfte oder Warenhäuser zu begeben, wurde ihr eine Kreditkarte chirurgisch ins linke Handgelenk gepflanzt. Mit dieser Karte konnte sie machen oder kaufen, was immer ihr beliebte. Jedes Multisystem-Konglomerat sorgte für seine Mitglieder, wachte eifersüchtig über seine Privilegien und konnte sich gelegentlich sehr wohl mehr Zeit als unbedingt nötig lassen, bis es die Kreditkarte eines anderen, somit konkurrierenden Wirtschaftskonzerns akzeptierte.

Da Ryder Hook jedoch über keine Kreditkarte verfügte und auch keinen Wunsch danach verspürte, hielt er es für vernünftiger, in der Galaxis jener Tage möglichst wenig aufzufallen.

Allerdings war es sicher nicht ganz richtig, davon auszugehen, daß jeder andere Gast im *Scalded Cat* eine Kreditkarte am Handgelenk trug. Bei dem verruchten und zwielichtigen Charakter dieses Ortes mußte die Anzahl der Leute ohne Kreditkarte wesentlich höher sein als an anderen, ehrbareren Treffpunkten.

So hatte Hook auch keinerlei Schwierigkeiten gehabt, hier Einlaß zu finden. Nachdem er die nötige Summe in Metallgeld entrichtet hatte, was der Computer problemlos akzeptierte, hatte er sich an einem der Tische niedergelassen und wollte gerade bestellen, als die Polizeitruppen in die unkomplizierte Atmosphäre eindrangen.

Einer der Polizisten zog einem riesigen Burschen seinen Gummiknüppel über den Schädel.

Der Schlag sollte ihn sicher eher zur Ordnung rufen, als außer Gefecht setzen.

Dieser Hüne von einem Kerl, ein Homo sapiens mit einem Gesicht wie eine rote Rübe und Schultern wie Scheunentore, schrie gellend auf.

Er schnappte sich den Stock des Polizisten und entriß ihn brüllend dessen Händen.

»Du Übelkeit erregender, widerwärtiger Mistkerl!«

»Du solltest besser nicht . . .«, begann der Polizist.

Der riesige Bursche schlug auf ihn ein. Aber er bediente sich dabei nicht des staatseigenen Gummiknüppels, sondern begnügte sich mit seiner ureigenen Faust.

Der Gesetzeshüter fiel wie ein Baum, und Hook fragte sich amüsiert, wie viele Sonntage wohl ins Land gehen mochten, bis er wieder erwachte.

Danach stürzten sie sich scharenweise auf den Hünen. Sie sprangen auf seine Schultern, schlugen ihn mit langen Stöcken und Gewehrkolben, traten ihm vors Schienbein, während sie ihn mit wüstesten Beschimpfungen überhäuften. Wie ein wilder Stier, in der Arena von irgendwelchen Idioten zu Pferde mit ihren Speeren malträtiert, wirbelte der große Kerl herum. Es würde ihm nichts nützen, sie würden ihn schließlich doch zu Fall bringen und sich auf ihn stürzen.

Hook beschloß, dieses wenig erbauliche Ende gar nicht erst abzuwarten.

Er nutzte die Gelegenheit, hinter der Säule hervorzuschleichen und sich in Richtung Notausgang abzusetzen.

Die allgemeine Verwirrung reichte aber die Hälfte der Strecke aus. Die Hintertüren waren inzwischen geschlossen, und keiner hielt sich dort mehr auf. Organson hatte es geschafft, in einem Pulk nackter Mädchen hinauszuschlüpfen.

Hook fragte sich, ob er seine Jagdbeute wohl aufspüren könnte, indem er heruntergefallenen Federn folgte.

Der schwere Duft billigen Parfüms, der sich in der Luft mit dem Aroma köstlicher Weine und dem Geruch gewöhnlichen Bieres mischte, war mittlerweile durch unverkennbaren Angstschweiß um eine weitere Note angereichert worden.

Nachdem sich Hook fast schon sicher zu fühlen begann, daß ihm sein heimlicher Abgang gelingen würde, hörte er plötzlich das unheilverkündende Zischen einer Energiewaffe, die Tod und Verderben spie.

Ohne auch nur den Bruchteil einer Sekunde zu zögern, warf sich Hook kopfüber zu Boden.

Er versuchte, sich schmal wie ein Wurm zu machen.

Am liebsten hätte er sich im Teppich vergraben und die Schlingen über sich zusammengezogen. Energiewaffen, selbst wenn sie, wie auch jetzt die Art des Geräusches erkennen ließ, mit reduziertem Ausstoß abgefeuert wurden, waren derartig verhängnisvoll, daß niemand, der seine sieben Sinne beieinander hatte, etwas mit ihnen zu tun haben wollte.

Hook verdrehte die Augen und blickte verstohlen hinter sich.

Der riesige Bursche hatte um sich herum Platz geschaffen. Er bediente sich einer kleinen Pistole — Hook konnte das Modell auf diese Entfernung nicht erkennen, aber sie hörte sich wie eine QSA 2-10 an —, die auf niedrigen Energieausstoß eingestellt war. Der Teppichboden um ihn herum war mit den Körpern dutzender Polizisten übersät, die er betäubt oder vielleicht auch getötet hatte.

Hook vermutete, daß dieser feine Unterschied dem großen Kerl vollkommen gleichgültig war.

Dieser Zwischenfall ging Hook überhaupt nichts an.

Er war fest davon überzeugt, daß sich die Waffen der gesamten Polizeitruppen in Windeseile auf den Hünen richten würden. Und es dürfte auch denen egal sein, ob sie ihn betäubten oder umbrachten.

Wie es sich entwickeln mochte, Hook wollte damit nichts zu tun haben.

Hook zog eines seiner Knie an, überprüfte die verbliebene Entfernung bis zur rettenden Hintertür, warf einen kurzen Blick zurück, sah, wie der riesige Bursche mit blutunterlaufenen Augen seine schußbereite Pistole schwenkte, und stürmte dann los.

»Nun kommt schon her, holt sie euch doch!« forderte der große Kerl die Polizisten heraus. »Aber schön der Reihe nach, ihr miesen Saftsäcke!« Er fuchtelte mit seiner Waffe herum, als sei er ein Stier, der seinen Peinigern die bedrohlichen Hörner zeigt. »Worauf wartet ihr noch?«

Hook hielt die Angelegenheit inzwischen für reichlich übertrieben.

Er war mittlerweile am Notausgang angelangt und blickte schnell noch einmal um sich.

Der riesige Bursche wedelte unvermindert mit seiner kleinen Energiewaffe herum. Im Augenblick schoß niemand. Hook meinte kritisch, der Homo sap hätte in diesem günstigen Moment einen Abgang machen müssen. Aber vielleicht litt der Bursche an einer Art Todessehnsucht, die er von irgendeiner fremden Kultur angeschleppt hatte. Was immer seine Gründe sein mochten, er hielt immer noch die Polizistenschar in Schach, während er ihnen unablässig Beleidigungen entgegenschleuderte.

Dann hob einer unter ihnen vorsichtig den Arm.

Der uniformierte Mann wäre in der Gruppe selbst überhaupt nicht aufgefallen, aber die Weise, auf die er seinen Arm bewegte, ließ jeden Beobachter deutlich erkennen, was als nächstes geschehen mußte.

Ryder Hook verspürte keinen Wunsch, den weiteren Ablauf der Geschehnisse abzuwarten.

Er bekam gerade noch mit, wie die mit dem Handgelenk des Polizisten verbundene Delling ihre Ladung Disgel dem großen Kerl mitten ins Gesicht schleuderte.

Dann riß er die Türen auf und rannte hinaus.

Der Hüne würde zerschmelzen. Das Gelmix würde seine Haut, Fleisch und Knochen wegfressen und alles zusammen auflösen. Von diesem großen, starken Körper würde zum Schluß nur eine Pfütze am Boden übrig bleiben, die, nachdem sie getrocknet war, nicht die leisesten Anzeichen ehemaligen menschlichen Lebens mehr erkennen ließ.

Dem großen Kerl dürfte das bekannt sein. Er würde aufschreien, sich krümmen, aber in der Galaxis des einhundertundersten Jahrhunderts gab es weder im Bereich der Wissenschaft noch in der Medizin eine Möglichkeit, ihn zu retten.

Hook schloß die Tür hinter sich.

Eine gebogene, flauschige Feder in zartem Rosa lag auf den Betonplatten.

Hook ging in diese Richtung.

Wenn jemand am Ende seines Lebensweges angekommen war, so stellte das direkte Zusammentreffen mit einer Delling und das Wissen, es würde anschließend von einem selbst nur mehr eine kleine Pfütze übrigbleiben, nicht unbedingt den angenehmsten Übergang ins Jenseits dar.

Düster und fensterlos reckte sich die Rückseite des *Scalded Cat* zu Hooks linker Seite empor. Zu seiner Rechten erstreckte sich nur spärlich beleuchtetes, freies Gelände. Zerrissene Kartons, Kisten, schmutzverkrustete Tonnen und andere Überbleibsel einer Wegwerf-Gesellschaft lagen haufenweise dort herum. Hook vermutete, daß etliche Familien von dieser Müllhalde lebten.

Von dem Mann, den er suchte, konnte Hook keine Spur entdecken, aber es hing immer noch ein schwacher Parfümduft in der schwülen Abendluft.

Sollte Organson den nackten Frauen nicht weiterhin gefolgt sein, dann vergeudete Hook seine kostbare Zeit. Andererseits jedoch befand er sich auf der richtigen parfümierten Fährte.

Es mußte schließlich berücksichtigt werden, daß sich diese Spur hier draußen nicht allzu lange halten würde, und sie stellte bestensfalls einen Fingerzeig dar. Hook würde sich noch wesentlich mehr anstrengen müssen, um den Aufenthaltsort seiner Jagdbeute ausfindig zu machen.

Niemand folgte ihm. Hook nahm an, daß die Polizeitruppe mit ihrem Fischzug hinlänglich beschäftigt war, und wenn es sich hier auf Bellamy um anständig geführte, disziplinierte Kräfte handelte, würden sie zweifellos darüber nachgrübeln, wie sie den durch Disgel verursachten Tod des riesigen Burschen erklären sollten.

Sollte Bellamy allerdings ein schurkischer Planet sein oder einer, dessen Lokalpatrioten durch ihren Einfluß Gesetze ad absurdum führen konnten, nun, in dem Falle würde sich niemand darum scheren, daß die Polizei bei der Erfüllung ihrer Pflicht jemanden getötet hatte.

Die meisten Sterne waren hinter Wolken verschwunden. Aber selbst bei freier Sicht hätte Hook die Sternbilder wahrscheinlich nicht erkannt.

Als ihm das Gerücht zu Ohren gekommen war, hatte er sich umgehend hierher auf den Weg gemacht, und wenn Organson ihm jetzt durch die Lappen ging, müßte Hook wieder bei Null anfangen.

Die Projektleute arbeiteten an etwas, das den Decknamen ›Gervase-Projekt‹ trug, und Hook mußte wissen, worum es sich dabei handelte. Er mußte es unbedingt wissen. Es ging um seinen Seelenfrieden und seine geistige Gesundheit.

Wenn dieser Schmarotzer Organson ihn auch nur zu einem winzigen Puzzleteil führen würde, dann hätte sich die Mühe schon gelohnt. Hook beschleunigte seinen Schritt. Vor ihm am Flußufer lag ein langes, niedriges Gebäude, und Hook mutmaßte, daß Organson darin Unterschlupf gesucht hatte.

Behende und geräuschlos bewegte sich Hook durch die Dunkelheit darauf zu. Seinem Empfinden nach hatten die Projektleute Bellamy nicht als Standort für ihr Gervase-Projekt erkoren. Sie suchten eine Welt mit besonderen Eigenschaften, was die Größe, Bevölkerungsdichte und vieles mehr anlangte.

Da Hook wußte, zu welchen Missetaten die Novaleute imstande waren, vermutete er finster, daß sie sich auf der geeigneten Welt nicht einordnen, sondern sie schlichtweg übernehmen und alles und jeden beseitigen würden, was sich ihnen in den Weg stellte.

Was bedeutete, daß Organsons geschäftliche Aktivitäten die Projektleute interessierten.

Hook arbeitete sich vorsichtig an der Seite des Gebäudes entlang. Dabei fand er außer einer Reihe verbarrikadierter Fenster weder Lampen noch Türen vor. Zweifellos würde es Alarmanlagen geben. Wie empfindlich diese Dinger wären, müßte sich allerdings in der Praxis zeigen.

Er schlich um die hintere Ecke und vermutete schon, das falsche Ende des Gebäudes gewählt zu haben, da entdeckte er einen Lichtschimmer, der sich auf der glitzernden Wasseroberfläche widerspiegelte, in einem der Fenster. Der Fluß rann sanft dahin, sein flüsterndes Murmeln unterbrach das Schweigen der Nacht. An den betonierten Ufern standen vereinzelt Kräne und Antigrav-Hubmaschinen herum.

Natürlich könnte Ryder Hook hoch erhobenen Hauptes in das Gebäude hineinmarschieren. Vielleicht hatte Organson gewartet, ihn aus der Bar herauskommen sehen, und hockte jetzt, siegessicher lachend, vor seiner mit Köder versehenen Falle. Vielleicht *war* das eine Falle!

Die Zollbehörden hier auf Bellamy waren relativ frei und großzügig. Man gestattete es den Leuten, ihre eigenen Waffen zu tragen. Dadurch konnte Hook nun seine kleine Malens Marksman aus der Innentasche seines Overalls ziehen und die beruhigende Kühle ihres Kolbens in seiner Hand spüren.

Die Tatsache, daß Hook keine Kreditkarte besaß, hatte die Zöllner übrigens ebensowenig interessiert.

Ja, sinnierte Hook, als er sich im Schutz der Dunkelheit vorwärts schlich, offensichtlich war Bellamy ein hübsch aufrührerischer kleiner Planet und daher nicht unbedingt das, was die Novaleute suchten. Er hörte Stimmen in die Nacht hinausdringen und verharrte.

»Bitte sehr, Mädels. Da habt ihr eure Kleider und eure Belohnung. Nun trödelt nicht so herum. Es wartet Arbeit auf euch!«

Die Stimme enthielt einen scharfen Unterton. Es handelte sich um einen gewissen Klang, der jedem Homo sap von der Erde eindeutig erkennen ließ, daß der Sprecher niemals auf der Erde geboren sein konnte. Die Autorität war nicht zu überhören. Die schrillen Schreie der Mädchen, während sie der Aufforderung nachkamen, bestätigten das, ließen aber gleichzeitig auch keinen Zweifel daran, daß sie ihre nächtliche Tätigkeit äußerst belustigend fanden.

Die ganze Sache schien ein abgekartetes Spiel gewesen zu sein. Die Art, wie Organson das *Scalded Cat* betreten hatte, ebenso wie der Umstand, daß gleich darauf eine Razzia veranstaltet wurde und eine kichernde Gruppe halbnackter Frauen ihn umgehend hinaus eskortierte. Die Verfolgung hatte sich als schwierig erwiesen. Hook gelangte allmählich zu der Überzeugung, daß dieser Bursche doch weit interessanter war, als er es vermutet hatte.

Zugezogene Vorhänge vereitelten einen vorsichtigen Blick durchs Fenster. Am besten wäre es, er würde warten, bis die Mädchen verschwunden waren, um dann Organson allein gegenübertreten zu können.

Ryder Hook hatte gelernt, geduldig zu sein. Jeder, der

Wert darauf legte, als Abenteurer in der Galaxis zu überleben, mußte zwangsläufig diese Tugend sein eigen nennen, sonst würde er rasch in einer versiegelten Blechkiste auf ewig zwischen den Sternen herumkurven — oder wenigstens so lange, bis er in das brennende Herz eines Sternes hinabsank.

Weiter hinten an der Wand glitt eine Tür fauchend zur Seite. Hook wich zurück. Eine mit dunklem Overall bekleidete Gestalt kam heraus, eine zweite folgte. Sie trugen kleine Schirmmützen, unter denen ihr Haar, obwohl es hochgebunden war, weiblich charmant hervorlugte. Sie trugen Energiegewehre bei sich. Hook beobachtete sie.

Sie gingen an eine Stelle des Betonufers hinüber, an der zwei Pfeiler und das Kopfende einer Leiter einen Landungssteg darunter vermuten ließen. Sie stiegen die Leiter hinab und verschwanden. Hook wartete weiter.

Weitere Mädchen, beladen mit Kisten und Bündeln, folgten ihnen. Sie alle waren bewaffnet. Hook wartete immer noch.

Hier ging etwas vor, das Organson organisiert hatte, und bei dem er Mädchen als Boten und Wachposten einsetzte. Der Hintergrund dieser Geschehnisse würde Hook nur soweit interessieren, wie er seine eigenen Belange mit Organson betraf. Ein so unbedeutender kleiner Schieber hier auf Bellamy war ein Wurm gegen die verheerenden Projektleute zwischen den Sternen.

Das abrupt auftauchende, gleißende Licht dreier Taschenlampenkegel stürzte Hook in tiefste Verwirrung. Er blinzelte irritiert. Das Licht hüllte ihn ein, hielt ihn gefangen wie in einem Netz.

»Es sind drei Energiewaffen auf dich gerichtet, Kerl.

Solltest du zu fliehen versuchen, pusten wir dich weg. Ich schlage vor, du bleibst ganz ruhig stehen!«

»Sieht fast so aus«, erwiderte Hook, »als müßte ich mich in meiner Lage euren Argumenten beugen.«

»Witzbold, wie?«

»Aber nein! Nur jemand, der ganz ruhig stehenbleibt!«

2. Kapitel

Wie Hook schnuppernd feststellte, hing ein feuchter, modriger, muffiger und irgendwie rostiges Geruch im Raum. Zwischen dem Gestank von Verwitterung und Zerfall kniff etwas, das scharf wie Essig roch, besonders in die Nase. Vielleicht war es jenes weiße Pulver in Plastiktütchen, an dem sich nur Idioten zu vergreifen pflegten. Schon möglich!

Einmal hatte der alte Sunny Fred steif und fest behauptet, rostige Metall rieche gar nicht. Hook hatte ihn ausgelacht.

»Natürlich stinkt rostiges Metall! Ist ein ganz spezieller rostiger Mief, wie — nun, so ein bißchen scharf und pulvrig. Man kann es einfach nicht beschreiben, ist bei Farben genauso, man kann es nur anhand anderer Gerüche und Farben vergleichen. Stimmt's?«

Sunny Fred hatte sich an der Nase gekratzt und gemeint: »Dein Zinken war schon immer doppelt so groß wie jeder andere, Hook. Ich rieche nur die Hälfte von dem Gestank, der dir auffällt.«

»Das habe ich nur meinem keuschen Lebenswandel zu verdanken!«

Sunny Fred hatte bei dieser Bemerkung förmlich aufgeheult und Hook einen seiner Stiefel an den Kopf geworfen. Das alles war schon lange her.

Hier in dieser Lagerhalle aus Beton stieg der unverkennbare Geruch rostigen Metalls — und man konnte ihn wirklich deutlich riechen! — zweifelsfrei vom Fußboden auf. Diese durchdringende Duftnote mußte in einem Gebäude aus Beton und Holz eine besondere und spezielle Bedeutung haben.

Hook war sich nicht sicher, ob es da einen Zusammenhang mit Organsons Aktivitäten gab oder mehr noch eine weitere Verbindung zu den Kontakten mit den Projektleuten bestand.

Hook war natürlich gefesselt. Man hatte ihn auf einen Holzstuhl gestoßen und mit einer Schnur festgebunden. Von der Malens Marksman mußte er sich gleichzeitig verabschieden. Obwohl das Licht hell von der Decke herunterschien, war es nicht unangenehm grell. Hook beobachtete die Vorgänge aus den Augenwinkeln.

Wenn Organson erst einmal seine Geschäfte erledigt hatte, würde er sich gewiß dem Eindringling widmen.

Die in Overalls gekleideten Mädchen schafften unablässig Kisten und Pakete hinaus, um sie dann — wie Hook vermutete — vom Landungssteg aus an Bord eines Schiffes zu deponieren. Abgesehen von den Stellen, an denen die Kisten gestanden hatten, lag eine dicke Staubschicht auf dem Fußboden. Sonst befand sich nichts weiter im Gebäude, oder, besser gesagt, Hook konnte von seinem Standort aus nichts weiter erkennen.

Organson erteilte die Befehle.

Auf diese geringe Entfernung zeigte sich, daß die ersten Eindrücke nicht immer hundertprozentig richtig sein müssen. Organsons dünnes Gesicht mit spitzer Nase, schmallippigem Mund und winzigem Kinn wurde von schwarzen, glänzenden Haaren eingerahmt. Er bewegte sich auf eine hektische Weise, die vermuten ließ, daß sich seine Nerven in ständiger Anspannung befanden. Seine korrekte Kleidung war in dunklen Farben gehalten und vollkommen unauffällig. Zusammenfassend folgerte Hook, daß es sich bei ihm sicher um einen Vulkan hinter einer unscheinbaren Fassade handelte.

Eines der Mädchen, eine extrem große Amazone mit atemberaubenden Proportionen, deren lockeres blondes Haar vorwitzig unter der kleinen Kopfbedeckung hervorlugte, schenkte Organson ein aufreizendes Lächeln, während sie sich mühelos eine weitere Kiste auf die Schulter warf.

Der Schwung ihres Körpers, ihre katzenhaften Bewegungen nahmen Organsons ganze Aufmerksamkeit in Anspruch.

Mit demonstrativem Hüftwackeln entfernte sie sich. Organson verrenkte sich fast den Hals, um ihr nachzuschauen. Mit dem Zeigefinger strich er sich abwechselnd über beide Augenbrauen. In diesem Augenblick hatte er den Gefangenen, der neben ihm an den Stuhl gefesselt saß, vollkommen vergessen.

»Nettes Mädchen!« rief Hook fröhlich aus. »Sicher ’ne gute Freundin von Ihnen?«

Organson wirbelte auf dem Absatz herum, als habe Hook ihn getreten.

»Halt die Klappe, Gonil!«

»Schon gut, Kamerad, sollte ja keine Beleidigung sein. Ich nehme an, ihr kleinen Burschen habt eine besondere Vorliebe für große Mädchen!«

»Ich schlag dir gleich die Zähne ein, wenn du . . .«

»O nein, das wirst du nicht tun!«

Organson atmete schwer. »Und warum nicht?«

»Weil du glaubst, daß deine finsteren Geschäfte aufgeflogen sind!«

»Ich weiß, daß es nicht stimmt, also sei besser . . .«

»Du glaubst, daß du es weißt!«

Hook blieb ganz ruhig. Mit seinen letzten beiden Bemerkungen hatte er dem Burschen die Möglichkeit logischer Argumentation und Widerlegung gegeben. Auf raffinierte Weise waren seine Worte von Hook in Abrede gestellt worden. Jetzt lag es an Organson. Wären Hooks Beine nicht festgebunden gewesen, so hätte er sich entspannt zurückgelehnt und sie ganz lässig übereinander geschlagen. Organson schüttelte seinen Kopf. »Du solltest mir besser sagen, was du weißt oder zu wissen glaubst, bevor dich finstere Nacht umgibt!«

Hook schlug einen sarkastisch formellen Ton an. »Übernehmen Sie das Töten, oder lassen Sie es eines Ihrer Mädchen machen?«

Diese Worte ließen Organson erschreckt dreinblicken. Dieser kleine Kerl begann Hook zu verwirren. Die Nervenenden, die sein Gehirn mit Alarmgetöse hätte erfüllen sollen, fielen statt dessen in einen sanften Schlaf.

Er erkundigte sich: »Ihr bringt doch Leute um, oder?«

»Natürlich nicht!«

Hook schnupperte. Er vermutete, daß dieser scharfe Essiggeruch von irgendeiner Droge stammte. Aber vielleicht lag er damit auch vollkommen schief. Schließlich mußte er zugeben, daß diese Mädchen eigentlich nicht wie Banditen, lasterhafte Flintenweiber oder Gangster aussahen. Hook seufzte.

»Wenn das so ist«, ereiferte er sich mit energischer

Stimme, »dann möchte ich gerne wissen, warum ihr mir eure Pistolen vor die Nase gehalten und mich festgebunden habt!«

»Weil wir es leid sind, daß ihr Typen uns in die Quere kommt. Wenn die Polizei es nicht schafft, euch aus dem Verkehr zu ziehen, dann müssen wir es eben selbst versuchen, so sehr es uns auch mißfällt.«

»Dann haben Sie also die Bullen ins *Scalded Cat* gerufen. Die sollten mich festnehmen und Ihre Flucht decken!«

»Was sie ganz offensichtlich nicht geschafft haben. Typisch!«

»Nun, Organson, ich will Ihnen mal etwas sagen. Ich habe nichts mit den Leuten zu tun, über die Sie sich so sehr den Kopf zerbrechen.«

»Blödsinn!«

»Es stimmt aber!«

»Und warum verfolgen Sie mich dann?« verfiel auch Organson irritiert in den formellen Ton.

Hook seufzte erneut auf. Bei Dirty Bertie Bashtis dreckigen Unterhosen und schmutzverkrustetem Nachthemd! Dieser Idiot hatte gemerkt, daß er ihm auf den Fersen war. Hooks viel gerühmte Fähigkeit als unauffälliger Beschatter hatte hiermit einen empfindlichen Schlag erlitten.

»Hören Sie mal, Organson. Es gibt eine Menge Dinge, die ich gern mit Ihnen besprechen möchte, aber . . .«

»Und deshalb verfolgen Sie mich vom Raumhafen an wie ein Polizist einen Kriminellen? Warum sind Sie mir nicht offen entgegen getreten?«

»Ich wollte mir erst ein Bild von Ihnen machen und habe inzwischen den Eindruck gewonnen, daß Sie tatsächlich ein Krimineller sind. Ich habe nicht gern mit Schiebern zu tun!«

»Ich bin kein Krimineller!« Organsons entrüsteter Ausruf hallte im Lagerhaus wider. Die noch anwesenden Frauen machten auf dem Absatz kehrt und starrten ihren Boß an.

»Sie verhökern Drogen!«

»Das stimmt nicht! Diese Drogen sind für entlegene Krankenhäuser bestimmt. Man hat dort große Versorgungsschwierigkeiten. Es gibt Leute, die schlagen einen wahnsinnigen Profit aus allen Transaktionen dieser Art. Unsere Organisation erhält die Drogen und transportiert sie per Schiff zu den entsprechenden Krankenhäusern. Dabei müssen wir versuchen, unseren Widersachern, die uns aufhalten und uns die Drogen wegnehmen wollen, ein Schnippchen zu schlagen.«

Hook klappte die Kiefer zusammen.

Dann meinte er: »Und als nächstes erzählen Sie mir, alle diese Mädchen seien Krankenschwestern!«

»Nicht alle, nur etwa die Hälfte.«

Hook schüttelte den Kopf. »Etwa die Hälfte!«

Die blonde Amazone kehrte mit atemberaubendem Hüftschwung zurück und verkündete: »Es ist alles an Bord, Boß!«

»Oh, gut, bestens . . .«

»Und was wird aus diesem Kerl?«

»Er sagt, er hat nichts mit Routts zu tun, will mit mir geschäftlich verhandeln . . .«

»Alles Gerede, Boß. Er gefällt mir nicht, absolut nicht!«

Sie ließ ihr Energiegewehr von der Schulter gleiten und wedelte mit dem Lauf etwa zehn Zentimeter vor Hooks Nase herum.

»Hey!« rief Hook aus. »Vorsicht! Ich vermute, *Sie* sind keine Krankenschwester!«

»Ich hätte keinerlei Skrupel, Ihnen den Schädel wegzupusten, wenn Sie das meinen!«

»Dolly!« protestierte Organson. »Ich muß doch bitten!«

Hook hatte inzwischen einen recht guten Durchblick und war der Meinung, die Situation für sich ausnutzen zu können, wenn nur dieser Hitzkopf Dolly ihn nicht vorher in seine Bestandteile auflöste.

»Routts?« wiederholte Hook. »Der Name sagt mir überhaupt nichts. Hören Sie, nehmen Sie mich doch einfach mit, und wir können unterwegs über die geschäftlichen Belange diskutieren.«

»Ich bin nicht sicher . . .«

Mit deutlich betontem Sarkasmus äußerte Hook: »Während wir hier die Zeit vergeuden, wird die Suche nach Ihnen und den Drogen sicher selbstverständlich ausgesetzt!«

Dolly biß entrüstet die Zähne zusammen. Organson jedoch schreckte förmlich auf und ruderte wild mit den Armen.

»Er hat recht, Dolly. Wir hätten schon vor zehn Minuten verschwunden sein müssen.«

Dolly streckte ihre Hand aus und zerrte Hook mit einer Kraft hoch, die so manchen harten Burschen in den Schatten gestellt hätte.

Mit milder Stimme meinte Hook: »Ich könnte mich schneller bewegen und wäre sicher nicht eine solche Belastung, wenn Sie mir die Füße losbinden würden.«

»Jetzt noch nicht, Kamerad«, entgegnete Dolly, hob Hook an und warf ihn sich mit einer Drehung über die Schulter. Während Dolly Organson folgte, hüpfte Hook wie eine Teppichrolle auf und nieder. Seine Füße ragten nach hinten weg und sein Gesicht schlug bei jedem Schritt — leider nur *fast* — gegen Dollys Brüste. Er fühlte sich wie ein Kind beim ersten Huckepack-Ritt.

Mehrere Frauenhände halfen ihm ins Boot. Er streckte sich auf den Kartons aus. Das Schiff bewegte sich kaum im sanften Wasser. Er konnte sehen, wie sich Organson herumdrehte, um die Leiter rückwärts hinabzusteigen, während Dolly ihn von unten beobachtete.

Alles spielte sich bei äußerst spärlicher Beleuchtung ab, wobei Hooks übernatürlich scharfe Augen wesentlich mehr Einzelheiten erkennen konnten, als die eines normalen Sterblichen.

Wie durch einen Blitz aus heiterem Himmel wurde die Welt in grünes Licht getaucht.

Organson stieß einen Schrei aus und fiel nach hinten ins Boot. Dolly, die ebenfalls einen Ausruf des Entsetzens von sich gab, riß sich umgehend die Energiewaffe von der Schulter. Sie stieg über die ausgestreckte Gestalt Organsons und rannte auf die Leiter zu. Drei oder vier der anderen Mädchen versuchten kreischend, sich hinter den Kartons zu verstecken.

Erneut ertönte das durchdringende Zischen von Energiewaffen, und weitere grüne Feuerstrahlen zuckten unheilverkündend am Nachthimmel.

Hook fühlte sich in keiner Weise behindert. Aus ganz bestimmten Gründen hatte er sich seiner Fesseln gar nicht eher entledigen wollen. Jetzt war der richtige Zeitpunkt gekommen. Im Laufe der Zeit hatte er sich diesbezüglich eine gewisse Routine angeeignet, die kaum der Muskelkraft bedurfte. Selbst seine Fußknöchel erhielten praktisch im Handumdrehen ihre Bewegungsfreiheit zurück. Dolly hatte inzwischen die Leiter erklommen und war gerade dabei, ihren törichten Kopf über die Betonböschung hinauszustrecken.

»Behalten Sie den Kopf unten, Dolly!« brüllte er zu ihr hinauf.

»Dolly!« schrie auch Organson los. Er versuchte, sich aufzurichten, stolperte über einen herumliegenden Karton und fiel wieder zu Boden. Hook stieg über ihn hinweg.

»Dolly!« rief er erneut aus. »Komm runter, damit wir ablegen können!«

Sie drehte sich herum und sah nach unten.

»Ich werde ihnen ein paar verpassen, Boß. Ihr könnt dann weg . . .«

»Die haben *Ihren* Kopf weggepustet, bevor sie noch einen einzigen Schuß abgeben können. Los, runter jetzt, und zwar sofort!«

»Ja, Dolly. Komm jetzt runter!« Organson stand inzwischen wieder auf seinen Beinen. Er war ein unerschrockener kleiner Bursche, daß mußte man ihm lassen.

Weitere grüne Blitze zuckten über dem Landungssteg auf. Ihr schreckliches Zischen ließ einige der Krankenschwestern in Panik aufspringen und einander schluchzend in die Arme werfen.

Hook schuldete niemandem in der Galaxis auch nur das Geringste. Nun ja, da waren natürlich noch Shaeel und Karg, denen er sich in gewisser Weise schon verpflichtet fühlte. Aber selbst die neu erworbenen Bekanntschaften vergangener Monate waren eben nur Personen, die er kennengelernt hatte. Nein, außer Shaeel und Karg gab es niemanden, dem er zu helfen verpflichtet gewesen wäre, für den er sein Leben hätte riskieren müssen. Soweit, so gut. Und warum in Dreiteufelsnamen riß er jetzt einem der zitternden Mädchen die Energiewaffe aus den Händen und sprang über Bord?

Mit Hilfe beider Beine und nur eines Armes arbeitete er sich durch das Wasser zur nächsten Leiter vor. Es hätte sein können, daß Organson jetzt dachte, er versuchte zu entkommen oder wollte ihn verraten. Hook wußte es nicht. Er griff nach der Leiter und zog sich daran hoch. Das Wasser lief in Bächen an ihm hinunter.

Er blickte zurück. Organson stand immer noch am Fuße der Leiter, an deren oberes Ende sich Dolly unverändert klammerte. Offensichtlich konnten sie sich immer noch nicht einig werden, wobei sie zu vergessen schienen, was um sie herum passierte.

Die Schießerei aus Richtung Lagerhalle hatte aufgehört. Aber Hook ließ sich nicht täuschen. Diese Pistolenhelden waren sicher Profis genug, darauf zu warten, daß sich ihnen ein Ziel bot. Sie würden ihre Deckung zweifellos erst dann verlassen, wenn sie es für sicher genug hielten.

Hook hastete die Leiter empor und warf sich auf das Kai. Das eine Fenster war immer noch hell erleuchtet. Äußerst vorsichtig begann er, nach den Personen Ausschau zu halten, die auf Dolly geschossen und Organson von der Leiter geholt hatten.

Von seinem Aufenthaltsort aus konnte er die beiden auch nicht mehr sehen.

Hook vermutete, daß sie sich immer noch stritten.

Welch eine groteske Situation! Anstatt eine Gang hartgesottener Drogenhändler vorzufinden, entlarvte Hook einen Trupp Krankenschwestern, die von einem schmächtigen Burschen befehligt wurden, der schon meterhoch sprang, wenn er nur einen Pistolenschuß hörte, und dessen Leibwache aus einem stattlichen, schießwütigen Flintenweib bestand, das andererseits dazu neigte, ihn wie eine Glucke zu bemuttern.

Was nützte es, weiter darüber nachzudenken, ermahnte sich Hook, er sollte besser weitermachen.

So zog er seinen Kopf hinter die Betonmauer zurück und rief in durchdringendem Flüsterton: »Hey, ihr beiden Streithähne! Haut ab ins Boot und verschwindet! Ich beschäftige die Leute hier oben inzwischen schon!«

Er wartete gar nicht erst auf eine Antwort. Sollten sie seiner Aufforderung nicht nachkommen, würde eine seiner Informationsquellen unweigerlich versiegen. Sollten sie es jedoch tun, so hätte er immerhin noch eine gewisse Chance.

Im Schutz der Dunkelheit schlich sich Hook zur Tür und feuerte einen einzelnen Schuß ab. Grün aufblitzend, wie ein Leuchtkäfer mit Überschallgeschwindigkeit, spuckte das Gewehr seine Energieladung krachend in die Nacht.

Schon im selben Augenblick rollte sich Hook von seinem Standort fort.

Die Reaktion erfolgte umgehend, jedoch wurde nicht gezielt, sondern wild in die Gegend geschossen.

Es genügte Hook, um herauszufinden, woher die Schüsse kamen, und er schickte eine Viererserie in die entsprechende Richtung, bevor er erneut seine Position veränderte.

Dieses Gewehr meldete sich nicht wieder, aber von der Ecke der Lagerhalle aus eröffnete ein anderes das Feuer.

Auch das bedachte Hook mit vier Energiegaben und wich dann zurück bis an die Kante des Betonufers.

Noch zweimal wurde auf ihn geschossen — oder, besser gesagt, wurden Schüsse auf die Plätze abgefeuert, an denen er sich nicht mehr befand —, und entsprechend häufig erwiderte er das Feuer. Es gab allerdings keine Garantie, daß er jedesmal die Schützen erwischte. Auch sie konnten nur ihre Standorte wechseln und dann auf den günstigsten Augenblick warten, um ihn wegzupusten.

Als von der Vorderseite der Lagerhalle ein wahrer Feuersturm losbrach, hielt es Hook für angebracht, sich zurückzuziehen.

Er schickte noch einige saubere Energiestöße zu dem Punkt, wo er den Verantwortlichen für den Feuerzauber vermutete.

Die Tatsache eines derartig massiven Angriffes und die Richtung, aus der er erfolgte, ließen Hook darauf schließen, daß sich seine Kontrahenten auf dem Vormarsch befanden. Er verspürte wenig Lust, mit ihnen zusammenzutreffen. Er hatte sich inzwischen zu der Leiter zurückgearbeitet, drehte sich nun herum und plazierte seine berühmten alten schwarzen Stiefel auf die Sprossen. Er blickte hinunter.

Das Boot mit all seinen Kisten und Kästen trieb unter ihm. Organson und Dolly, die nur mehr als Konturen in der Dunkelheit zu erkennen waren, standen sich von Angesicht zu Angesicht ganz nahe gegenüber, und man brauchte kein Ratefuchs zu sein, um zu erkennen, daß sie sich immer noch stritten.

Hook verzichtete auf einen Abschiedsschuß. Seine Gegner sollten noch nicht wissen, daß er sich bereits zurückgezogen hatte. Im übrigen konnten sie auf diese Weise auch seine Position am Landungssteg ausmachen. Mit umgehängtem Gewehr stieg er die Leiter hinab und legte die letzten paar Meter im Sprung zurück.

Mit dumpfem Schlag landete er im Boot.

»Nun macht schon, ihr zwei!« keuchte er. »Die werden nicht auf ewig dort oben bleiben!«

Woraufhin Organson verkündete: »Wir haben nur auf Sie gewartet!«

3. Kapitel

Komischerweise entsprach das, was Organson über die nächtlichen Aktivitäten gesagt hatte, tatsächlich der Wahrheit.

Wirklich alles!

Er beschaffte Drogen, die als Mangelware galten, für abgelegene Krankenhäuser, wobei er sich ständig mit irgendwelchen Störenfrieden herumschlagen mußte, die ihre Finger danach ausstreckten. Jene Störenfriede kamen von einer Organisation, die hinter ihrer Fassade als Wirtschaftskonzern nichts weiter als eine kriminelle Vereinigung darstellte.

Mit den normalen Maßstäben galaktischer Wirtschaftsorganisationen gemessen, war Routts nur ein ganz kleiner Fisch. Aber hier auf Bellamy zeigten sie sich von einer ungesetzlichen Seite. Was sie bestimmten, wurde gemacht.

In der Dunkelheit der Nacht trieb das Schiff aus der Stadt hinaus. Sie wurden nicht verfolgt. Nach einiger Zeit beschloß Dolly, daß sie es wagen könnten, die Maschinen zu starten. Diese waren ohnehin sehr leise, und die Schrauben wühlten das Wasser kaum auf. Die Benutzung eines solchen Transportes zu Wasser konnte einem im Zeitalter der Überlicht-Triebwerke und Antigrav-Gleiter ziemlich antiquiert vorkommen — was auch der Wahrheit entsprach. Dennoch stellte es nach wie vor nicht nur ein effektives Transportmittel für zeitlich flexible Ladungen dar, sondern darüber hinaus auch ein sehr billiges.

»Wir müssen bis zur Flußmündung hinunterfahren, dann ein Stück die Küste entlang und anschließend den Ladusfluß hinauf.«

Hook runzelte die Stirn. Inzwischen war der Morgen angebrochen, die fremde Sonne Bellamys schien über ihren Köpfen, und fremde Vögel zwitscherten ungewohnte Lieder. Er erkundigte sich: »Und Sie meinen, dieses Boot ist seetüchtig genug für das offene Meer?«

»Der Kiel ist siebzig Meter lang, Taynor Berik, und es verfügt über ausreichend Freibord, um es durch das offene Meer um die Küste herum zu manövrieren . . .«

»Sicher, sicher«, fiel ihm Hook ins Wort. »Wenn Sie sich keine Sorgen machen, werde ich es auch nicht tun.«

Er hatte den Namen Berik ganz zufällig angenommen. Sein häufigstes und bevorzugtes Pseudonym — Duke Everest — war möglicherweise inzwischen enttarnt worden, wenigstens befürchtete Hook das. Vielleicht hatten die Projektleute die Zusammenhänge noch nicht ganz erfaßt, und Hook tat es ausgesprochen leid, daß er nie wieder als guter alter Duke Everest auftreten konnte, aber man mußte bei der Wahl eines Namens heutzutage wirklich vorsichtig sein.

Seine letzte kleine Spritztour hatte er als Captain Zero unternommen, und dieser Name stand in Verbindung mit dem Herbeizaubern ganzer Flotten von Sternenschiffen. Im Augenblick jedoch schipperte er als Passagier eines Wasserfahrzeuges den einen Fluß hinunter und wenig später einen anderen wieder hinauf. Zauberhaft!

»Ich vermute, sie werden wissen, daß wir an Bord eines Schiffes entkamen«, sagte er und starrte achteraus. »Folglich dauert es sicher nicht mehr lange, bis sie auftauchen, um uns zu jagen. Wahrscheinlich kommen sie mit Fliegern.«

»Schauen Sie sich um, Taynor Berik!« Organson streckte die Hand aus in einer Geste, als deutete er auf unermeßliche Reichtümer. »Auf dem Fluß befinden sich im Augenblick mindestens noch zehn andere Schiffe in Sichtweite.«

»Ja, ja, richtig, stimmt«, murmelte Hook. »Ach, lassen Sie doch die Formalitäten, ich bin ganz einfach Berik!«

»Wir unterscheiden uns in keiner Weise von den anderen Booten«, verkündete Dolly. »Darum haben wir es auch immer wieder geschafft, die ärmeren Krankenhäuser zu beliefern. Wenn Sie denen keinen Tip gegeben haben, Taynor Berik, dann würde ich nur zu gerne wissen, wie Routts uns an der Lagerhalle erwischen konnte?«

»Von mir hat niemand ein Sterbenswort erfahren. Ich nehme an, euer Theater im *Scalded Cat* erregte deren Aufmerksamkeit.« Dann umriß Hook die Situation mit einer Redewendung: »Rufe Polizeitruppen, denen du nicht trauen kannst, und du schließt einen Pakt mit dem Teufel!«

Dolly und Organson blickten einander entgeistert an, dann zu Hook und wieder zurück. Ihre Gesichter drückten Gefühle aus, die Hook als hartgesottener Bursche und Abenteurer der Galaxis nur sehr selten zu sehen bekam.

»Sie meinen . . .?« entfuhr es Organson.

»Das ist doch kaum zu glauben!« rief Dolly aus.

Nun ja, inmitten des Mahlstroms glitzernder Sterne schien es Unschuldslämmer ebenso wie Abenteurer zu geben. Diese beiden hatten ganz offensichtlich blindes Vertrauen in ihre Polizeibehörden. Aber hier und dort herrschte selbst in Polizeikreisen Korruption. Im Verlaufe der Geschichte hatten sich genügend Beispiele angesammelt, was passieren kann, wenn die Bürgerschaft das Vertrauen zu den Leuten verliert, die sie als Gesetzeshüter gewählt und bezahlt haben.

Schließlich meinte Organson: »Dafür gibt es keine Beweise! Das kann doch nicht . . .«

»Dem stimme ich zu. Ihr Anruf beim Polizeirevier wurde sicher routinemäßig aufgezeichnet und vermerkt. Was dann damit geschah, weiß kein Mensch!«

»Unsere ganze schöne Planung!« rief Dolly enttäuscht aus. Sie hatte ihre Fassung eher wiedererlangt als der Mann. »Wir mußten wirklich schnell reagieren, um die Mädchen rechtzeitig und startklar auf die richtigen Positionen zu bekommen. Alles lief wunderbar, wie am Schnürchen!«

»Das haben Sie in der Tat prima hingekriegt«, bestätigte Hook.

»Ich gehe unter Deck und lege mich ein wenig hin«, verkündete Organson. »Das bin ich meinen Nerven schuldig!«

»Ich werde mir an Deck einen Drink genehmigen«, entgegnete Dolly. »Schick mir doch eines der Mädchen rauf, Mundo, sei so nett!«

Organson nickte und ging nach unten.

»Das also ist sein Name«, sinnierte Hook. »Mundo!«

»Er ist ein ganz großartiger Mann, Taynor Berik. Das sollten Sie besser niemals vergessen.«

»Oh«, meinte Hook leichthin. »Das vergesse ich auch

nicht, und solange mir Ihr verdammt großes Gewehr in die Rippen stößt, schon gar nicht!«

An diesem schönen sonnigen Morgen hatte Dolly ihre bisherige Kleidung gegen Sonnentop und Shorts eingetauscht. Ihr Energiegewehr stand griffbereit gegen einen Lukendeckel gelehnt. Die Mädchen hatten wirklich ganze Arbeit geleistet, und alle Kisten und Kartons waren unter Deck verstaut. Eine leichte Brise blies erfrischend über das Wasser. Hook hatte keine Ahnung, wie dieses Boot mit den hohen Wellen der offenen See fertigwerden würde. Allerdings reizte ihn die Aussicht auf eine diesbezügliche Erfahrung auch nicht sonderlich.

Er fragte: »Haben Sie jemals von der Moben-Mission gehört?«

»Nein.«

»Schade. Eure Leute und deren Leute würden bestens miteinander auskommen. Können Sie mir mehr über Mundo Organson erzählen?«

»Er ist ein großartiger Mann. Sein Vater und seine Mutter starben im Busch, weil die Versorgung in den dortigen Krankenhäusern absolut unzulänglich war. Anstatt den Leuten die Schuld zu geben oder sie zu belangen, hat er sich zur Aufgabe gemacht, zu versuchen, die ländlichen Bedingungen zu verbessern.«

»Dann ist er also reich?«

»Nicht besonders. Seine Kreditwürdigkeit ist hoch.«

»Und ich vermute, er gehört nicht Routts an!«

In dem Augenblick kam ein Mädchen hüftschwingend auf Dolly zu. Sie brachte ein Pfefferminzgetränk.

»Vielen Dank, Sharon.«

Sharon lächelte Hook zu. Sie trug nur das Unterteil ihres Bikinis, und es bereitete Hook keinerlei Mühe, ihr Lächeln zu erwidern.

»Ganz richtig, Berik, er ist nicht mit Routts verbunden. Aber einige Leute waren es — nein, sind es immer noch.« Dolly zog seine Aufmerksamkeit wieder auf sich.

»Klar! Ist schwer, die Kreditkarte zu wechseln, und wer würde einen dann schon nehmen?«

»So ist es!«

Hooks scheinbar beiläufiges, aber unauffällig intensives Absuchen des Himmels nach allem, was fliegen konnte, zahlte sich schließlich aus. Er hatte etwas entdeckt, das ihm bestätigte, daß die erwartete Verfolgung jetzt aufgenommen worden war.

»Könnten Sie sich mit irgend etwas beschäftigen, um keine Aufmerksamkeit zu erregen?«

Dolly schaltete sofort.

Sie machte auf dem Absatz kehrt und starrte nach oben.

»Vielleicht wäre es gut, wenn Sharon . . .?« fuhr Hook fort, wurde jedoch sofort unterbrochen.

»Nach unten, Sharon . . . schnell!« rief Dolly aus.

Sie schnappte sich das Gewehr und machte sich eilig auf den Weg in eine der beiden kleinen Kajüten mitten auf dem Deck. Heftig gestikulierend gab sie Hook zu verstehen, daß er ihr folgen solle.

Dort drinnen sah er eine bemerkenswert simple Anlage, die den Dampfer kontrollierte und steuerte. Die Monitore des Scanners zeigten die beiden Flußufer und andere Schiffe. Das Steuerrad gehorchte dem Willen des Autopiloten.

Hook blickte durch die hinteren Fenster.

Der Flieger näherte sich langsam, während die von der Sonne beschienene Seite wie eine Libelle glitzerte und die andere einer armselige Motte ähnelte.

Der Pilot und sein Beobachter überprüften alle auf dem Fluß befindlichen Schiffe ganz genau.

»Sie werden nichts Auffälliges an uns entdecken«, verkündete Dolly äußerst zuversichtlich.

Hook entgegnete: »Aber es ist niemand an Deck, Dolly. Keiner, der ihnen zuwinkt, wenn sie an uns vorbeifliegen. Ob ihnen das nicht vielleicht komisch vorkommt?«

»Hmm, na ja, vermutlich haben Sie recht. Aber wenn die dann ein Foto machen, könnte uns das später Schwierigkeiten bereiten.«

Hook erkannte das Problem. Er war der letzte, der es hätte gebrauchen können, wenn sein Portrait in Großformat in den Polizeirevieren eines Planeten herumflog. Die beeindruckenden Schaltkreise, die man ihm ins Gehirn gepflanzt hatte, konnten mühelos hochentwickelte Suchgeräte täuschen und Scanner-Videos ernsthaft stören, aber sie waren machtlos gegen simple schwarzweiße Photonenfotografie. Da lag das Problem.

Eine plötzliche und heftige Energieentladung könnte ein Foto verhindern, aber das wäre unter diesen Umständen wirklich zu verdächtig.

Hook wartete, bis sich der Flieger genau über ihnen befand, steckte dann den Kopf aus der Tür und legte dabei die Hand über die Augen, als wolle er sie vor der Sonne schützen.

Mit der anderen Hand winkte er munter.

Der Flieger setzte seine Runde fort, und Hook zog sich wieder in die Kajüte zurück.

»Sollten sie wirklich Zeit genug gehabt haben, ein Foto zu schießen, dann werden sie darauf nichts weiter als einen Handrücken und einen Hinterkopf entdecken!«

»Ja«, murmelte Dolly und warf Hook einen merkwürdigen Blick zu, als habe sie jetzt gerade etwas an ihm entdeckt, was ihr bislang entgangen war.

Sharon lächelte ihm zu und schlenderte wieder in den Sonnenschein hinaus. Hook fiel auf, daß sie wirklich ein hübsches Mädchen war. Aber seit dem Tode Iola Gervases dürfte es in Ryder Hooks Leben keine Frau aus Fleisch und Blut geben. Alle Sharons der Galaxis könnten es nicht mit Iola Gervases kleinen Finger aufnehmen.

Diese Mädchen konnten sich an Deck noch so lässig nackt in der Sonne räckeln, sie waren Krankenschwestern mit Leib und Seele. Hook hatte genug mitbekommen, um das beurteilen zu können. In den Kisten und Kartons, die sie von der Lagerhalle ins Boot geschleppt hatten, befanden sich medizinische Versorgungsartikel aller Art, ganz abgesehen von den selten Drogen, die Mundo Organson beisteuern konnte.

Im Mahlstrom der glitzernden Sterne gab es viele Völkchen, die scheinbar unfähig waren, auf sich selbst aufzupassen. Viele Kulturen überließen diese Versager ihrem Schicksal und nicht selten dem sicheren Tod. Andere versuchten zu helfen.

Solange noch irgendeine Zivilisation existierte, würde das zweifellos ein strittiger Punkt bleiben.

Organson, Dolly und die anderen Mädchen hatten ihre Entscheidung getroffen. Sie wollten helfen.

Sollten die Vollstrecker von Routts Organson und seine Krankenschwestern aufspüren, würde ihnen wenig Erfreuliches widerfahren, vermutete Hook. Bislang waren sie ihnen durch die Lappen gegangen, weil noch keiner Verdacht geschöpft hatte. Wenn erst die Entdeckung gemacht würde, daß der Drogenlieferant der

Krankenhäuser und Mundo Organson identisch waren — dann Ende der Fahnenstange.

Aber das alles ging Ryder Hook überhaupt nichts an.

Er ging hinunter in den Salon und fand dort Organson vor, der sich gerade sein zweites Glas Limonade gönnte.

»Setzen Sie sich und trinken Sie auch ein Glas. Dolly hat mich über diesen Flieger informiert. Glauben Sie, daß wir davor sicher sind?«

»Im Augenblick schon.«

»Wir wurden bei der letzten Tour schon fast geschnappt.«

Hook setzte sich und nahm das angebotene Glas dankend entgegen.

»Aber Sie machen trotzdem weiter, Organson?«

»Irgend jemand muß es ja tun. Bellamy ist ganz schön wild. Es ist ein Spielball der Wirtschaftskonzerne. Wenn wir diesen Krankenhäusern nicht helfen, werden sie es alleine niemals schaffen. Die finsteren Machenschaften würden überhand nehmen.«

»Aber Sie sind doch selbst Mitarbeiter eines Wirtschaftskonzerns!«

Organson nickte. Der durch die Fenster hereinfallende Sonnenschein ließ seine Bewegung heftig und ruckartig erscheinen. »Das stimmt. Ich gehöre OST an. Wir verfügen über solide Absatzmärkte auf inzwischen mehr als siebzig Systemen, und wir expandieren weiter. Vielleicht kann man uns jetzt noch nicht als groß bezeichnen, aber wir werden es einmal sein . . .«

»Ersparen Sie mir Ihre Werbeparolen. Wie läßt sich das mit Ihren momentanen Aktivitäten unter einen Hut bringen? Dann stecken also zwei Seelen in Ihrer Brust, oder?«

»Nicht unbedingt. Ich beaufsichtige die Antiferon Chemiewerke in meinem Sektor und habe dadurch Zugang zu Arzneistoffen. Heute verteile ich einige dort, wo man damit Gutes tun kann.«

Hook konnte ihm sehr wohl folgen, es lag alles klar auf der Hand. Als leitender Angestellter eines Multisystem-Konglomerates war es Mundo Organsons Aufgabe, chemische Fabriken zu überwachen, die, unter anderem, auch Drogen herstellten, die von den ländlichen Hospitälern Bellamys dringend benötigt wurden. Neben seinem aufrichtigen Wunsch, helfen zu wollen, bestand durchaus die Möglichkeit, daß Organson in seinem Tun eine Art Herausforderung, einen Sport, sah. Das würde ohne weiteres ins Bild passen.

Ryder Hook jedoch sah etwas in Dimensionen, von denen Organson nur träumen konnte.

In bewußt beiläufigem Ton meinte er: »Ich vermute, daß Sie auch von anderen Leuten um Hilfe gebeten wurden? Von anderen Planeten?«

»Im Bereich meines Sektors ist es hier auf Bellamy am schlimmsten. Meine Eltern starben hier, wissen Sie!«

»Das tut mir leid. Sind Sie denn auch anderswo schon mal tätig geworden?«

Organson warf Hook einen kühlen, abschätzenden Blick zu.

»Sie haben mir immer noch nicht zufriedenstellend erklärt, warum Sie mir gefolgt sind, Berik!«

Hook gab die gewünschte Antwort in kurzen, fast überschwenglichen Worten.

»Kein Geheimnis. Ich bräuchte bei einem Projekt Ihre Hilfe.«

»Dann stellen Sie sich hinten an!«

»Woher stammte dieser Geruch rostigen Metalls in

der Betonhalle? Da muß doch irgend etwas unter dem Fußboden rosten und verrotten. Aber was?«

»Diese Lagerhalle gehörte einmal Oparm Products. Ihre Geschäfte ließen plötzlich sehr nach — Routts bootete sie aus. Daraufhin räumten sie das Gebäude und es verkam zusehends. Inzwischen haben sie am gegenüberliegenden Flußufer eine moderne Anlage errichtet.«

»Aber Sie wissen, was sich dort unter dem Fußboden befindet. Daher können Sie die Halle auch benutzen.«

Organson verzog das Gesicht. »Konnte ich, bis jetzt. Ja, Berik. Unter dem Hallenboden befinden sich metallene Sauerstofflaschen, und jeder dieser Behälter hat . . .«

»Ja, das dachte ich mir.«

»Wir müssen uns jetzt einen neuen Standort suchen.«

Hook wechselte unvermittelt das Thema: »Dieser Bursche, der Sie um Hilfe für sein Projekt gebeten hat. Nun, ich bitte auch darum!«

Organson setzte sein Glas ab. Er schien überrascht.

»Mit dem hätte ich Sie nicht in Verbindung gebracht, Berik. Sind Sie wirklich im selben Geschäft? Wazzek hat mir eigentlich nicht besonders zugesagt.«

Wie der Frosch die Fliege schnappte Hook den Namen auf. Wazzek! Wahrscheinlich hieß die Familie früher Waczewski oder so ähnlich, und der Name hatte sich im Laufe der Jahrhunderte verändert. Manchmal blieben Namen bestehen, meistens jedoch vereinfachten sie sich nach und nach. Man konnte sagen, er war ein Stück vorangekommen.

»Das geht mir nicht anders. Ich muß nur die Einzelheiten wissen und Sie um Hilfe bitten. Mehr nicht.«

»Tun Sie das. Aber was können Sie mir bieten? Über

welche Mittel verfügen Sie, um derartige Mengen Drogen zu verschieben?«

Hook konnte sich inzwischen locker in den Plan hineindenken. Er war eigentlich ganz simpel und im Prinzip noch nicht einmal von besonderem Interesse. Die Projektleute wollten riesige Mengen eines Derivates des Männlichkeitsgens herstellen, und sie wandten sich nun an Organson, der ihnen die Produktionsmöglichkeit beschaffen sollte.

Nun mußte er nur noch die Kontakte ausfindig machen. Er würde bei Wazzek anfangen. Es mußte aber noch andere geben. Darüber hinaus quälte ihn die brennende Frage, wie sich dieser Plan in das Gervase-Projekt der Novaleute einfügte.

Genau dieses galt es herauszufinden.

Hook stellte eine Fangfrage: »Hat Wazzek sich Ihnen anvertraut? Teilte er Ihnen den Decknamen des Projektes mit?«

»Dann war das also ein Deckname. Ich dachte es mir schon!«

»Wir müssen ein bißchen vorsichtig sein«, erklärte Ryder Hook. »Decknamen sind eigentlich ohnehin nichtssagend.«

»Auch das ging mir schon durch den Kopf. Wazzek nannte den Plan das Ryder-Hook-Projekt.«

4. Kapitel

An einer Wand des Salons hing ein Bild. Es zeigte die Eroberung eines Planeten und die Landung einer Gruppe Homo saps auf einer fremden Welt. Sie wurden dabei von einer käferähnlichen Rasse begrüßt. Der Himmel war indigoblau und die Bäume karmesinrot. Hook kannte keinen derartigen Vorfall. Es hätte also ebensogut ein Fantasygemälde wie die Erinnerung an eine stolze Episode in der Geschichte stellarer Besiedlung sein können.

Hook betrachtete das Bild mit einer Inbrunst, als hinge sein Leben davon ab.

Sein markantes Gesicht blieb ausdruckslos. Er ignorierte die explosionsartigen Reaktionen der Schaltkreise in seinem Gehirn.

Das *Ryder-Hook*-Projekt?

Es gelang ihm, seine Lippen zu bewegen.

»Ganz richtig. Nur ein Deckname. Den wirklichen Namen können wir ja schlecht ausplaudern, oder?«

Hook entging nicht, wie dämlich seine Bemerkung war. Aber trotz seiner Eigenschaft als unbeugsamer Einzelgänger der Galaxis hatte ihn die Enthüllung bis in die letzte Nervenfaser erschüttert.

Die Projektleute waren ihm auf den Fersen. Sollten sie ihn jemals aufspüren und seiner habhaft werden, würden sie ihn erbarmungslos umbringen. Aber warum benannten sie ein Phantasieprojekt nach ihm? Beabsichtigten sie, ihn mit Organsons Drogenkartons zu ersticken?

»Ich geh mal an die frische Luft. Ihre Freunde von Routts könnten ja vielleicht hartnäckiger als erwartet sein. Sollte vorsichtshalber besser nachsehen!«

Organson zeigte sich bei diesen Worten beunruhigt. Das konnte man ihm nicht verdenken. Der Beweis dessen, wozu Routts imstande wäre, lag verrottend auf dem Fußboden der Lagerhalle.

Dennoch fuhr der pfiffige kleine Bursche mit seiner Arbeit, die abgelegenen Krankenhäuser zu beliefern, munter fort.

Die Sonne brannte, und eine erfrischende Brise wehte. Das Boot zog beständig seine Bahn, die Autopiloten leisteten perfekte Arbeit und sorgten ebenfalls für eine ruhige Fahrt. Sie hatten die Flußmündung erreicht, umrundeten eine Landzunge und bogen in den Ladus ein.

Was zum Teufel führten die Novaleute im Schilde? Warum machten sie sich diese scheinbar große Mühe, wenn ihr einziges Ansinnen war, Hook zu beseitigen? Es mußte einen anderen und wichtigeren Grund geben, einem Projekt seinen Namen zu verleihen.

Anfänglich war es den Projektleuten gar nicht so bewußt geworden, daß Hook für sie eine derartige Bedrohung darstellte. Man hatte ihn als ersten Menschen dem Novamann-Projekt unterzogen und dann auf halber Strecke hinausgeworfen. Als dann das Novamann-Projekt die ersten angestrebten Erfolge erzielte, verdankten diese Spezialisten ihren Wissensstand eigentlich Ryder Hook. Zu dem Zeitpunkt hatte er sich aber bereits dem Geheimdienst angeschlossen und arbeitete als Jack Kinch für das Interstellare-Raketen-Konsortium.

Hatten die Projektleute möglicherweise eine neue Akte angelegt, einzig und allein aus dem Grunde, Ryder Hook aus der Galaxis zu entfernen.

Wie der Hauch der eisigen Schwingen des Todes

meinte Hook förmlich zu spüren, daß die Projektleute ihre Krallen nach ihm ausstreckten.

»Sie sehen aus, als hätten Sie die Gräte eines Synthi-Fisches quer im Halse hängen, Taynor Berik.«

Die helle, angenehme Stimme ließ Hook auf dem Absatz kehrtmachen.

Sharon hielt ihm lächelnd ein Glas entgegen. Hook hatte schon vorher voller Unbehagen vermutet, daß Sharon an ihm Gefallen finden würde. Jetzt war er sich dessen sicher. Sie hatte sich inzwischen eine ärmellose Weste aus durchsichtiger, rosafarbener Synthi-Seide angezogen. Hook mußte zugeben, sie sah atemberaubend aus.

Er nahm ihr den Drink ab, erwiderte ihr Lächeln jedoch nicht.

»Vielen Dank, Tayniss!«

»Oh, seien Sie doch nicht so förmlich. Wir sollten Mister und Miss einfach fallenlassen. Ich bin Sharon!«

»Wenn es Ihnen Spaß macht. Für mich gilt dann Berik.«

»Sie sind ein alter Miesepeter!«

Wenn dieses lebhafte, aufregende Mädchen doch nur Iola Gervase wäre! Wenn er doch nur seine Arme nach ihr ausstrecken, sie ganz eng an sich ziehen könnte, und dann . . .! Aber obwohl Sharon vor ihm stand, mit ihren weißen Zähnen, der rosigen Haut, ihren dunklen Haaren und dem sinnlichen Körper, sah er einzig und allein Iola. Im gesamten Universum war sie überall für ihn präsent. Im Mahlstrom glitzernder Sterne stand nur sie unauslöschbar vor seinem geistigen Auge.

Er versuchte, die Unterhaltung so abzubrechen, daß er nicht zu unhöflich erschien. Das ging gründlich daneben, woraufhin sich Sharons Wangen verräterisch röteten. Sie zog die rosafarbene Seide enger um sich und warf den Kopf in den Nacken.

Drei andere Mädchen, die genüßlich sonnenbadeten, beobachteten Hook. Zwei von ihnen trugen nur oben nichts, und die dritte war vollkommen nackt. Sie boten ein hübsches Bild. Hook verspürte Mitleid mit Sharon.

Er streckte seine Hand aus und nahm ihren Ellbogen.

»Ziehen wir uns ein bißchen zur Beratung zurück, Sharon. Ein kleiner Spaziergang wird unser Blut in Schwung bringen und uns gut tun.«

Als Sharon Hook erst nach einem kurzen Zögern folgte, wurde diesem klar, was er eigentlich gesagt hatte. Sie antwortete mit spröder Stimme.

»Das Blut in Schwung bringen? Heißt das . . .?«

»So in etwa.«

Schweigend gingen sie zum Schiffsbug. Der auf den Antigrav-Riemen verzeichnete Name des Bootes lautete *Natalke.* Hook streckte sich aus und lehnte sich lässig an die Reling, während Sharon, deutlich angespannt, verkrampft stehenblieb und auf das Wasser starrte.

Hook war sich vollkommen bewußt, daß ihn die drei sonnenbadenden Grazien beobachteten. Sicher würden auch noch andere Mädchen ein aufmerksames Auge darauf haben, welche Fortschritte Sharon machte.

Hook ergriff das Wort: »Ich habe gerade mit Mundo über diesen Burschen Wazzek gesprochen. Kennen Sie ihn?«

Seine Frage und der damit verbundene Themenwechsel überraschten Sharon gleichermaßen. Sie hatte offensichtlich eine Entschuldigung erwartet oder vielleicht die vorbereitenden Floskeln zu späterem Intimkontakt. Wie auch immer, Hooks unverblümte Art brachte sie vollkommen aus dem Gleichgewicht.

»Wazzek? Oh, er ist ein schrecklicher Typ!«

»Genau. Kann ich nur zustimmen. Hat er Sie belästigt?«

»Ich konnte schon mit ihm fertig werden. Er hat mich die ganze Zeit mit Fragen gelöchert, dazu noch so komische!«

»Oh?«

»Aber sicher. Er fragte mich, ob ich irgendwelche abgelegenen Planeten kennen würde, bei denen sich eine Ausbeutung lohne. Ich meine, ich bin Krankenschwester auf einem Sternenschiff und nicht Angehörige eines Erkundungsteams. Das sagte ich ihm auch.«

Hook war gar nicht auf die Idee gekommen, daß die Mädchen woanders als in den Krankenhäusern Bellamys arbeiten könnten. Er fand die Vorstellung bezaubernd, daß Sharon medizinische Betreuung im tiefen Raum vornahm.

»Kommt mir auch komisch vor«, pflichtete Hook ihr bei, obwohl er ganz genau wußte, wofür Wazzek einen einsamen, abgelegenen Planeten suchte. Darüber hinaus war es gar nicht so dumm, das Besatzungsmitglied eines regelmäßig verkehrenden Sternenschiffes zu befragen. Diesen Leuten kam so manches zu Ohren. Die Gerüchteküche brodelte zwischen den Sternen.

»Der Boß wollte es auch wissen, aber das ist ja etwas anderes!«

»Dann haben Sie Mundo also erzählt, was Sie über derartige Planeten wissen? Dann sind Ihnen die Burschen vom Erkundungsdienst aber wirklich zu Dank verpflichtet.«

»Das gilt auch für alle anderen Mädchen. Wissen Sie, Berik, da wäscht eine Hand die andere.«

»Ganz sicher!«

»Wazzek will hier irgendeinen Plan durchführen, und dazu braucht er den Boß. So ungefähr ist das.«

Wieder einmal lag die Angelegenheit klar und deutlich auf der Hand. Wenn man sich auf der Suche nach einem netten, ruhigen Standort befand, dann würde man einen Hinweis darauf mit Sicherheit nicht in irgendeinem Lokalblättchen finden. Die Informationen über neu entdeckte Gebiete waren meistens in Windeseile überholt. Die Erkundungsleute dagegen würden Bescheid wissen. Dann brauchte nur noch ein liebestoller Idiot Sharon davon zu erzählen, von ihr würde es zu Organson und sofort weiter an Wazzek gehen.

Mit möglichst gleichmütiger Stimme erkundigte sich Hook: »Und welcher erschien Ihnen dann am meisten geeignet, Sharon?«

Sie wandte ihm ihr Gesicht zu und stemmte die Fäuste in die Hüften. Dann holte sie tief Luft. »Warum, zum Teufel, halten wir uns hier mit dummem Gequatsche auf? Küß mich endlich und dann können wir . . .«

»Sieh mal, Sharon . . .«

Dieses Mal war er zu weit gegangen. Ihr Gesicht wurde kreideweiß, und sie bebte förmlich vor Zorn. Im einhundertundersten Jahrhundert behandelte man ein Mädchen einfach nicht so.

Mit einer einzigen, herzerfrischenden Bewegung landete ihre Handfläche exakt an Hooks Wange.

Als sie dann auf dem Absatz kehrtmachte und davon stolzierte, sah sie wirklich umwerfend aus.

»Verdammt und zugenäht«, fluchte Hook vor sich hin. »Sie ist mir den Namen dieses vermaledeiten Planeten schuldig geblieben!«

5. Kapitel

In den folgenden Tagen, in denen sie an der Küste entlang und den Ladus hinauffuhren, korrigierte Hook sein Mißverständnis gegenüber Sharon.

Bei den Mahlzeiten mied er sie so sehr er konnte und hielt sich möglichst viel in der gemütlichen kleinen Kabine auf, die man ihm zugewiesen hatte.

Den Namen eines Planeten, den Wazzek eventuell in Betracht zog, fand Hook in der Zwischenzeit während seiner geschäftlichen Gespräche mit Organson heraus. Er wurde nun akzeptiert.

Diese Leute hatten es nicht vergessen, wie er sein Leben riskierte, um ihnen Feuerschutz zu geben, indem er die Vollstrecker von Routts an der Lagerhalle auf sich aufmerksam machte.

Die anderen Mädchen verfügten, ebenso wie Sharon, über Kontakte zum Erkundungsservice und wußten eine Menge über verschiedene Sektoren des Raumes um Bellamy.

Der Name, der Hook zu Ohren drang, lautete Ranoi. Dieser Planet war zwar größtenteils unerforscht, aber es befanden sich bereits Siedler dort, und die Zivilisation hatte ihren Einzug genommen. Einige Wirtschaftskonzerne lieferten Versorgungsartikel und wurden dafür mit dem, was der Planet an Schätzen bot, belohnt. Das würde sich bald ändern, wenn die Projektleute auf den Plan traten.

Lydia, das Mädchen, das sich der Sonne ohne einen Faden am Leib entgegen streckte, berichtete, daß das Erkundungsschiff ihres Freundes auf eine Welt gestoßen sei, die wirklich vielversprechend schien. Allerdings sei die Luft ein bißchen dünn, und es befänden sich auch noch keine Pioniere dort.

Auf die Frage nach eingeborenem Leben schüttelte sie den Kopf. Sie wußte darüber nicht Bescheid. Wazzek hatte sich sehr für diese Welt interessiert, die, bis der Schiffskoch sie taufte, noch nicht einmal über einen Namen, sondern nur über eine Nummer verfügte. An dem Tag, als das Erkundungsschiff sich im Orbit um die neu entdeckte Welt befand, hatte er gerade Geburtstag und taufte sie mit großem Stolz Magdorf, nach Pierre Karl Magdorf, seinem eigenen Namen.

Lydias Freund berichtete, Pierre habe einen Kuchen in der Form dieser Welt gebacken, eine riesige Schleife darum gebunden und seinen vollständigen Namen mit Zuckerguß vermerkt. »Es muß ein ziemlich großer Kuchen gewesen sein«, sagte Lydia und räkelte sich lachend im Sonnenschein, während die *Natalke* ihren Weg den Ladus hinauf fortsetzte.

Hook merkte sich die beiden Namen. Ranoi. Magdorf.

Es waren nur sehr wenige Dampfer auf dem Ladus unterwegs, und keiner von ihnen hatte die Größe oder die Kraft der *Natalke*. Diese meist schlichten Segelboote sahen bezaubernd, ja, fast antik aus. Neben ihnen wirkte die *Natalke* wie eine klobige Kiste, eine schmucklose Transportmaschine. Da die Lasten auf dem Wasser und nicht durch die Benutzung einer Antigrav-Ausrüstung befördert wurden, entstanden nur geringe Unkosten.

Bedingt durch die Krümmung der Meeresküste, in die beide Flüsse mündeten, ergab es sich, daß sie in fast diametrisch entgegengesetzte Richtungen flossen. Je weiter sich das Schiff vorarbeitete, desto wärmer wurde es.

An den niedrigen Flußufern, die wenig Besiedlung zeigten, wechselten sich Wälder und freies Land ab.

Hook hatte keine weiteren Flieger ausgemacht.

Der Ladus strömte einen ganz besonderen Geruch nach Schlamm und Vegetation in die dampfige Luft aus. Wenn es regnete, kam das Zeug wie aus Eimern heruntergedonnert.

Während dieser Zeit mußte sich Hook den Gegebenheiten anpassen. Wenn er die Pläne der Novaleute vereiteln wollte, war er gezwungen, sie erst einmal kennenzulernen. Was bedeutete, er hatte sich Organson und den Mädchen anzuschließen, um an einem Treffen mit Wazzek teilnehmen zu können.

Trotz seiner kunstvoll in die Konversation eingeflochtenen Fragen war ihm die Antwort auf ein brennendes Problem immer noch nicht gegeben worden.

War Wazzek ein Projektmann?

Die Projektleute setzten die Doorn für den größten Teil ihrer schmutzigen Arbeit ein. Die Doorn waren harte, professionelle Vollstrecker, Killer, Bodyguards, also Männer und Frauen, die sich darauf spezialisiert hatten, jeden dreckigen Job in der Galaxis auszuführen. Win Fareng war ein bekannter Doornmann.

Sollte einer von ihnen Hook fassen oder umgekehrt Hook einen von ihnen in die Finger bekommen, gäbe es kein Pardon.

Vielleicht war Wazzek ein Doorn?

Das Störende an dieser Bootsfahrt war für Hook, daß die Auslieferung der Drogen seinen eigenen Plänen in die Quere kam.

Jedoch blieb ihm nichts anderes übrig, als sich die Zeit mit Mundo Organson, Dolly und den anderen Mädchen zu vertreiben, Sharon tunlichst aus dem Wege zu gehen und so die Tage zu verbringen, bis das Treffen mit Wazzek fällig war.

Einige Tage später hatte Organson und seine Mädchen erneut Anlaß, für die Anwesenheit dieses Burschen Berik bei ihnen an Bord dankbar zu sein.

Organson hatte einmal gesagt: »Viele meiner Mädchen sind Krankenschwestern, daher halten sie nicht viel davon, Gewehre in die Hand zu nehmen und Menschen niederzuschießen.«

An diesem strahlend schönen Morgen, nachdem der Regen den Himmel in ein leuchtendes Blau getaucht hatte und die fremde Sonne das Wasser aufgleißen ließ, sah Hook von seinem üblichen Beobachtungsposten am Bug aus, daß sich zwei lange schmale Boote von einer Insel vor ihnen lösten.

Sie wurden nicht gerudert, sondern bewegten sich mit Hilfe eines Motors voran, der eine Schraube am Ende einer stabilen, verstellbaren Stange betrieb. Dieser Schraubenarm ragte am Schiffsheck heraus und schob das Wasserfahrzeug in die jeweils gesteuerte Richtung. Hook strengte seine Augen an, um die Gestalten erkennen zu können, die sich über dem Bootsrand zeigten.

Die beiden langen schmalen Boote arbeiteten sich durch die Strömung zur *Natalke* vor und schienen sie, jedes an einer Seite, passieren zu wollen.

Ryder Hook war schon viel in der Galaxis herumgekommen und hatte während der Zeit einiges gesehen. Er war angeschossen worden, in einem zerstörten Schiff hilflos durch den Raum getrieben und dem Tod so manches Mal nur gerade noch von der Schippe gesprungen. Auch mit Piraten hatte er es bereits zu tun gehabt.

Laut rief er aus: »Hey, Dolly! Schauen Sie sich das mal an!« Jemand an Bord eines der Boote mußte ihn mit einem Fernglas entdeckt und gesehen haben, daß Hook seinen Kopf herumdrehte, um etwas von sich zu geben. Ebensowenig würde demjenigen entgangen sein, daß Dolly an Deck erschien, in die gewiesene Richtung blickte und zu schreien begann.

Aus mehreren Quellen seitlich der sich nähernden Schiffe spritzte flüssiges grünes Feuer hervor.

Hook warf sich auf das Deck.

Dolly hastete die Kajüttreppe hinunter.

Hook wußte nicht genau, welche Art Waffen einen solchen Effekt erzielten, aber das machte auf die Entfernung auch noch nichts aus. Die Energiestöße trafen zwar das Schiff, richteten jedoch keinen nennenswerten Schaden an. Sollte jedoch einer an Bord dumm genug sein, den Kopf über die Reling zu stecken, dann würde er sich mit Sicherheit in Windeseile davon verabschieden müssen.

Hook sah ein Gewehr am Boden liegen und kroch über die Planken darauf los. Plötzlich entdeckte er, daß auch Sharon diesem Ziel entgegen strebte. Über ihnen blitzte grünes Feuer auf.

»Die gehört mir, Berik!«

Von unten ertönte inzwischen laute Stimmen. Bevor Hook auf Sharons Bemerkung einging, stieß er lauthals hervor: »Köpfe unten halten! Bleibt, verdammt noch mal, in Deckung!«

Dann wandte er sich Sharon zu, die inzwischen wieder oben ohne herumlief und gerade noch mit den anderen Mädchen im Regen getanzt hatte.

»Sie sind Krankenschwester, Sharon. Das Schießen überlassen Sie besser mir!«

»Na ja, . . .«

»Gehen Sie nach unten oder bleiben Sie wenigstens in Deckung!« Er nahm das Gewehr an sich.

»Nun los, Sharon! Man soll Ihnen doch nicht Ihre edelsten Teile abschießen, oder?«

»Sie, Sie . . .!«

»Und sagen Sie den anderen Mädchen, sie täten besser daran, sich hier oben nicht blicken zu lassen!«

Sie gab sich nicht kampflos geschlagen.

»Sie quasseln hier dummes Zeug, während die Piraten uns vielleicht schon überfallen — was dann?«

Hook warf ihr einen ernsten Blick zu. Er hielt es für überflüssig, ihr zu erzählen, daß, seiner Meinung nach, die *Natalke* wesentlich massiver gebaut war als die angreifenden Boote. Es würde nicht mehr lange dauern, dann könnte er ihnen problemlos Löcher in den Rumpf schießen, bevor sie einen ernsthaften Schaden anzurichten imstande wären. Wenigstens theoretisch . . .

Er versuchte, sich nicht allzu sehr von dem in ihm aufkeimenden Zorn übermannen zu lassen. Diese verdammten Piraten brachten seinen ganzen Zeitplan durcheinander, und Ryder Hook gehörte nicht zu den Leuten, die sich das ohne weiteres gefallen ließen. Wenn es irgendwie möglich war, versuchte er, Vorfälle dieser Art zu verhindern.

Die Schießerei hatte aufgehört. Hook vermutete, die Piraten gingen davon aus, die Decks geräumt zu haben. Jetzt würden sie längsseits kommen, um an Bord zu gelangen.

Hook hielt das Gewehr unten und streckte seinen eigenen vorwitzigen Kopf behutsam über die Reling. Er sah eines der Boote heranpreschen. Es befand sich ein quadratischer Aufbau darauf, der die Achterhütte darstellte und an dem der Schraubenarm befestigt war.

Hook hob das Gewehr langsam an und pustete die Hütte weg.

Im selben Augenblick schon rollte er sich hinter der Reling beiseite. Sich vergewissernd, daß nichts von ihm über das Dollbord hinausragte, eilte er mit eingezogenem Kopf das Deck entlang. Hook hielt nach dem Boot an der Steuerbordseite Ausschau.

Das schien näher zu sein. Er versuchte, sich hinter dem Bootskran zu verbergen, der natürlich nur eine dürftige Deckung bot.

Organson rief ihm mit aufgeregter Stimme zu: »Berik! Tun Sie das nicht! Man wird Sie töten!«

Hook ließ den guten Rat unbeachtet. Organson würde zweifellos den Widerstand aufgeben und die Ware abtreten. Hook hatte keine Ahnung, wie man hierorts mit Gefangenen, speziell mit weiblichen, umzugehen pflegte. Er hob sich seinen verächtlichen Zorn für spätere zynische Bemerkungen über Piraten, die in heutiger Zeit auf einem sogenannten zivilisierten Planeten ihr Unwesen treiben konnten, auf.

Dazu müßte er diese brenzlige Angelegenheit allerdings lebend überstehen.

Hook wußte nicht, wie lange es dauern würde, bis das andere Schiff wieder unter Kontrolle gebracht worden war. Er mußte erst mit diesem Gefährt fertig sein, bis er hinüberlaufen und nachsehen konnte.

Modell, Fabrikat und Typ der Energiegewehre, die Organson an seine Mädchen ausgehändigt hatte, waren Hook zwar geläufig, aber nachdem er mit einem von ihnen am Lagerhaus geschossen und zuletzt die Achterhütte des einen Bootes weggepustet hatte, konnte er mit diesen Waffen umgehen und ihren Aktionsradius abschätzen.

»Berik! Unten bleiben!«

Indem er Organsons Worte vollkommen ignorierte,

richtete Hook das Energiegewehr auf die Wasserlinie des sich nähernden Schiffes. Mit äußerster Präzision drückte er ab. Das Boot dort drüben, das sich, im Gegensatz zur beständig ruhigen Fahrt der *Natalke*, auf und nieder schwankend durch die Gischt vorarbeitete, war auch ansonsten nicht annähernd so stabil gebaut. Die Energiestöße schlugen wie ratternde Nadelstiche längsseits in den Rumpf des Piratenschiffes ein.

Hook schoß unermüdlich weiter und zog sich erst dann außer Sichtweite zurück, als es ihm, bedingt durch das erwiderte Feuer, unbehaglich wurde.

Hook hatte mit seiner Aktion erreichen wollen, daß Wasser in das Innere des Bootes eindrang, und es bekam auch schon Schlagseite. Zufrieden mit seinem Werk, wenigstens für den Augenblick, zog Hook seinen Kopf zwischen die Schultern und eilte nach Backbord zurück.

Wer immer dort das Kommando führte, mußte in Rekordzeit gearbeitet haben. Es waren inzwischen eine intakte Schraube und ein neuer Steuerarm an den traurigen Resten der Achterhütte angebracht worden, und das Schiff stürmte voran, wobei es sich schon fast auf gleicher Höhe mit der *Natalke* befand.

Das heftige Prasseln von Energieentladungen tauchte die Reling in grelles Grün. Die Hitze brodelte in der Luft. Hook hielt den Atem ab, er sah keine Möglichkeit, das Feuer vom Bootskran aus zu erwidern.

Das Piratenschiff zischte mit großer Geschwindigkeit an der *Natalke* vorbei. Gischt spritzte auf. Aber schon bald, nachdem es das Achterdeck passiert hatte, machte es kehrt und ließ sich ins Kielwasser des größeren Wasserfahrzeuges treiben.

»Sie wollen entern«, rief Hook aus. »Mundo, halten

Sie, um Gottes willen, Ihren Kopf unten und sagen Sie das auch den Mädchen!«

Er selbst schlich sich behutsam nach hinten zum Deck.

Dort lag genug Gerümpel herum, hinter dem er sich verstecken konnte. Sollten sie auf ihn schießen, während er sich, zum Beispiel hinter Tauwerk, verborgen hielt, würde der Energiestoß ihn mitsamt seiner Deckung hochgehen lassen. Es war nur ein Beobachtungsposten mit höchstens einer Schußmöglichkeit.

Drüben auf der Steuerbordseite trieb das Wrack des zweiten Piratenschiffes mit der Strömung davon. Die Männer und Frauen, die im Begriff waren, die *Natalke* zu entern, kümmerten sich herzlich wenig um das Schicksal ihrer Kollegen im sinkenden Schiff.

Wann immer sie die Wahl hatten zwischen Plünderung und Lebensrettung, würde dieser Abschaum der Gesellschaft keine Sekunde zögern, ersteres zu tun.

Hook hatte alles wunderbar im Blickfeld. Er visierte den steuerbordseitigen Bug des entgegenkommenden Schiffes an und legte dann die Zielrichtung seines Schußes genau an der Wasserlinie fest.

So, das wär's. Wie man in der Welt Farlinan zu sagen pflegte: »Nichts geht mehr!«

Hook drückte ab.

An den Energiegewehren, die Mundo Organson geliefert hatte, gab es wirklich nichts auszusetzen.

Der aufblitzende Feuerstrahl zerriß die Wasserlinie des Schiffes. Qualm und Dampfwolken stoben massenhaft empor. Der Lärm zerrte peinigend am Trommelfell. Hook pumpte laufend weitere Entladungen nackter Energie in das Boot und perforierte es dabei wie ein fadenscheiniges Bettlaken.

Bevor noch das Feuer erwidert wurde, rollte sich

Hook von der Reling fort und rannte wie ein buckliger Zwerg zur anderen Seite hinüber.

Die Deckung, aus der er geschossen hatte, stand in smaragdgrünen Flammen. Hitzewellen stiegen auf. Das Metall schmolz und zerfloß. Von unten drang der Gestank eines defekten Maschinenraumes an die Luft.

»Berik? Leben Sie noch?«

»Natürlich«, antwortete Hook lautstark. »Halten Sie nur Ihren Kopf weiterhin unten, Mundo!«

Organson war Manns genug zurückzurufen: »Mich werden Sie da oben *bestimmt* nicht erwischen, Berik!«

Das Heck der *Natalke* befand sich inzwischen in einem wüsten Durcheinander. Auf diese Entfernung konnten die Waffen der Piraten wirklich ernsthaften Schaden anrichten.

Hook versuchte, die Situation vor seinem geistigen Auge einzuschätzen.

Die *Natalke* setzte ihre schwerfällige Fahrt die Flußmitte entlang fort. Eines der Piratenschiffe trieb sinkend davon. Das andere Boot dürfte sich in vergleichbarer Verfassung befinden, hielt sich jedoch noch nahe genug am Heck der *Natalke* auf, um zu einem wahrhaftigen Problem werden zu können. Unter den gegebenen Umständen mußte sich Hook möglichst schnell zu seinem nächsten Schritt entschließen.

Die von dem geschmolzenen Metall ausströmende Hitze flimmerte wie ein Dunstschleier. Die leichte Brise vermochte die Luft nicht abzukühlen. Das Geknister hielt unvermindert an. Hook atmete tief durch.

Er streckte den Kopf hoch, blickte nach hinten, ließ sich wieder zurückfallen und stieß einen erleichterten Seufzer aus.

Es hatte niemand auf ihn geschossen.

»Berik!«

»Alles in Ordnung, Mundo. Beide Schiffe sinken und treiben stromabwärts. Sie können jetzt herauskommen.«

Dolly erschien als erste. Sie trug keine Waffe bei sich.

»Sind sie wirklich weg?«

»Bestimmt!«

Sie drehte sich herum. »Es ist alles in Ordnung, Boß. Du kannst jetzt herauskommen!«

Woraufhin Hook herzhaft lachte.

6. Kapitel

Wazzek war kein Projektmann.

Ebensowenig hatte er die kühle Sachlichkeit eines Doorn.

Hook schätzte ihn als harten Hund ein, den die Projektleute als Handlanger beschäftigten. Offensichtlich hantierten sie Wazzek wie eine Marionette.

Die Novaleute liebten es, Leute dazu zu benutzen, die Drecksarbeit für sie zu machen und selbst tunlichst im Hintergrund zu bleiben.

Also war dieser aufgedunsene, behäbige Wazzek, dessen rundlicher Körper in modischer Maßkonfektion steckte, nur ein ganz gewöhnlicher Mann. Seine Kleidung, im neuen Kosaken-Look gefertigt, verfügte neben hochgezogenen, spitzen Schultern noch über mancherlei Zierart in Form von unzähligen Taschen, Schleifen und Litzen. Seine abgetragenen Stiefel waren blank poliert.

Bedingt durch Atemnot mußte er häufiger mal

schnaufen. Sein Sinn für Humor schien nicht besonders entwickelt.

Hook konnte sehr wohl verstehen, warum die Krankenschwestern sich nichts aus Wazzek machten.

Nachdem sie der örtlichen Polizei den Zwischenfall mit den Piraten gemeldet hatten, nahm Hook Mundo Organson beiseite und bat ihn, seine Verbindung zu Wazzeks Auftraggebern bei dem bevorstehenden Treffen unerwähnt zu lassen. Mit verächtlichem Gesichtsausdruck erklärte er es folgendermaßen: »Das ist wieder einmal ein Fall, in dem die linke Hand nicht wissen darf, was die rechte Hand so treibt!« Abschätzend blickte er den gewitzten kleinen Burschen an. »Ich habe mich Ihnen nur aufgrund unseres kleinen, widrigen Zwischenfalles am Lagerhaus anvertraut.«

Organson strich sich mit dem Finger über die Augenbrauen. »Sie haben uns damals gerettet und auch vor den Piraten bewahrt, Berik. Wir sind in Ihrer Schuld. Und was diesen Wazzek angeht . . . ich glaube, keines der Mädchen kann den Kerl ausstehen.«

»Nein!«

»Nun, was mich anbetrifft, so sind Sie ein Freund, der sich an dem Geschäft mit Wazzek beteiligen will!«

»Genau richtig!«

Das Treffen sollte im Hotel Suntish stattfinden. Der Fluß verbreiterte sich an dieser Stelle zu einem beachtlichen See, und man hatte eine Art Navigationszentrale am Ufer errichtet. Von jetzt ab mußten die Medikamente über Land oder, falls den Kunden entsprechende Möglichkeiten zur Verfügung standen, per Luft weitertransportiert werden.

In der kleinen Stadt herrschte hektische Aktivität, und keiner konnte den Anwohnern vorwerfen, daß sie sich in ihr abgeschiedenes Dasein fügten. Ganz im Gegenteil, sie schienen keine Zeit verlieren zu wollen, ihren Lebensstandard zu verbessern. Der Planet Bellamy bot die Kontraste einer jungen Welt. Diese Leute wußten, was sie wollten, wo ihre Ziele lagen, und sollte sich die Hauptstadt nicht um eine anständige Versorgung mit Medikamenten kümmern, dann würden sie, ohne mit der Wimper zu zucken, liebend gerne einem Mann wie Mundo Organson, der ohnehin beim Transport der Drogen schon eine Menge riskierte, zur Seite stehen.

Das Hotel Suntish rühmte sich einer Veranda. Während sie die Stufen hinaufstiegen, sagte Hook: »Ich werde die Ware nicht länger begleiten, Mundo. Würde es zwar gerne tun, muß aber andere Prioritäten setzen.«

»Ich verstehe. Wir konnten uns glücklich schätzen, Sie bei uns zu haben. Verdammt glücklich! Diese Piraten sind scheinbar eine neue und äußerst unschöne Erscheinung.«

»Wenn sich die Leute zusammentun, können sie derartige Idioten wie die Piraten problemlos zum Teufel schicken!«

»Um derentwillen hoffe ich es. Und da ist Wazzek.«

Ein hübscher Rosenstrauch mit zarten rosafarbenen Blüten wuchs in einem Blumentopf neben der Veranda. Hook atmete den köstlichen Rosenduft tief ein, denn außer seiner Vorliebe für Museen war er noch ein absoluter Blumenliebhaber. Ein aufdringlicher Geruch setzte sich durch — der Gestank von Wazzeks Parfüm.

Im Geiste schüttelte Hook den Kopf. Dieser arme Tropf Wazzek stand scheinbar wirklich auf der Schattenseite des Lebens. Wenig ansprechend vom Äußeren wie vom Charakter, setzte er dem ganzen noch die Krone auf, indem er sich in Parfüm hüllte. Das Zeug war gewiß nicht billig, aber gegen den süßen Duft einer Rose stank es schlicht und einfach.

Hook schüttelte Wazzek die Hand. Der Griff war überraschend fest und Wazzeks Handfläche nicht über Gebühr schwitzig. Zumindest verspürte Hook nicht das spontane Bedürfnis, davonzulaufen, um seine Finger in heißer Seifenlauge abzuwaschen.

»Es war keine glückliche Entscheidung von Ihnen, Organson, noch jemanden mitzubringen. Ich hatte Ihnen nachdrücklich gesagt, daß es sich um einen Geheimauftrag handelt.«

Hook gab keinen Ton von sich, ließ Organson die Sache klären. »Wenn Sie wollen, daß der Job erledigt wird, Wazzek, dann ist Berik unser Mann.«

Sie gingen zu einem Korbtisch hinüber, setzten sich in Korbsessel, und Wazzek klingelte ungeduldig nach der Bedienung. Ein Roboter rollte heran, und Wazzek bestellte sich etwas, das er Wodkatroika nannte. Organson gab ein Kühlgetränk und Hook ein Glas Orangenbier in Auftrag.

Nach einigen Wortwechseln schien Wazzek zu akzeptieren, daß dieser ungeschlachte, massige Riese, der sich Berik nannte, bei der Suche nach einem hübsch ruhigen Örtchen, an dem er unter Organsons Leitung und Aufsicht Drogen produzieren lassen konnte, sicherlich ganz nützlich wäre.

»Auf Geld soll es uns nicht ankommen, Organson.« Wazzek war sichtlich zufrieden, so etwas verkünden zu können. Er genoß es augenscheinlich, agieren zu können, ohne auf entstehende Kosten achten zu müssen.

»Meine Vorgesetzten erwarten erklassigen Gegenwert für jeden ausgegebenen Pfennig, aber sie sind durchaus nicht kleinlich.«

»Verstehe!«

»Wenn wir die erste Ladung produziert haben, sind wir alle reich.«

»Sie verstehen doch, Wazzek, daß ich meine Anstellung nicht aufgeben kann? Es beeinträchtigt ja nicht die Ausführung des Auftrages . . .«

»Das sollte es besser auch nicht! Ihr Wirtschaftskonzern interessiert mich überhaupt nicht. Sehen Sie nur zu, daß die Belieferung mit EVG in Gang kommt.«

Hook hatte keine Ahnung. EVG? Nun, das könnte eine Menge Dinge bedeuten. Seiner Meinung nach würde es sich wahrscheinlich um ›Entwickeltes Vilgene‹ handeln.

Mit dieser Droge könnten die Projektleute den Alterungsprozeß, der sich ebenfalls beschleunigte, wenn sie in Höchstgeschwindigkeit gingen, aufhalten. Wenn es also nötig war, konnten sie in Höchstgeschwindigkeit leben, gleichzeitig würden sie jedoch nur in Normalzeit altern.

Sollte Hook auch nur eine einzige Lieferung von EVG an die Novaleute verhindern können, so würde er das liebend gerne tun und sich diebisch darüber freuen.

Inzwischen reimte sich für Hook alles ganz logisch zusammen. Die Novamänner benötigten einen unauffälligen Standort für ihre Fabrik, und sie benötigten EVG, um angemessener altern zu können. Ja, es fügte sich alles perfekt ins Bild. Aber wie paßte das Ryder-Hook-Projekt dazu?

Organson leerte sein Glas.

»Wie Sie wissen, Wazzek, ist dieser Teil Bellamys ganz hübsch wild und abgelegen. Es wäre wesentlich einfacher, uns hier niederzulassen.«

»Ich bin mir ziemlich sicher, daß meine Vorgesetzten

diese Gegend als zu dicht bevölkert und zu zivilisiert erachten würden.«

Wazzek schwitzte unablässig vor sich hin und wischte sich daher gelegentlich mit einem Erfrischungstuch ab. Sein wulstiger, geschwollener Nacken glänzte vor Schweiß.

»Nun, dann werden Sie sich vermutlich zwischen Ranoi und Magdorf entscheiden müssen.« Organson blickte gar nicht auf, während er sprach.

»Ich habe Ranoi ausgekundschaftet und bin nicht beeindruckt. Sobald Sie mich davon überzeugen können, daß Sie alles fest unter Kontrolle haben, mache ich mich auf den Weg nach Magdorf.«

»Alles ist . . .«

»Ist es das wirklich? Sie riskieren Kopf und Kragen, um ländliche Hospitäler zu versorgen, und ich mußte extra hierher kommen, um Sie zu treffen. Ich werde das möglicherweise meinen Auftraggebern berichten müssen.«

»Ich kann den Job erledigen.« Organson klang fast widerspenstig.

»Wenn Sie sich erst einmal mir und meinen Auftraggebern verpflichtet haben, dann sind Sie *gebunden.* Es wird keine Zeit mehr für andere Dinge bleiben. Wenn Sie darauf bestehen, bei Ihrem Wirtschaftskonzern zu verbleiben, dann funktioniert das nur solange, wie es meinen Plänen nicht in die Quere kommt, ansonsten müssen Sie sich davon trennen. Habe ich mich klar genug ausgedrückt?«

»Es wird keine Interessenskonflikte geben!«

»Aber Sie haben mich verstanden . . .?«

»Natürlich! Natürlich!« Mundo Organson brauste auf. »Sie brauchen mich mehr, als ich Sie!«

Wazzek schüttelte langsam seinen massigen, schweißtriefenden Kopf.

»Nein, Organson. Diesen Fehler sollten Sie unterlassen. Sie sind nicht einzigartig. Sie sind ersetzbar!«

»Und das gilt auch für Ihren Freund Berik!«

»Wie wär's denn«, ergriff Hook mit betont fröhlicher Stimme das Wort, »wenn wir Zeit sparen würden? Warum nehmen Sie mich nicht einfach, Wazzek, um diesen Planeten Magdorf auf seine Eignung zu prüfen?«

»Sie wissen, wonach wir suchen?«

»Ja!«

»Ich hatte nicht geplant . . .«

»Vier Augen sehen und zwei Paar Hände schaffen mehr. Wir teilen uns die Arbeit.«

Organson mischte sich vernünftigerweise nicht ein, und Hook, der anfänglich fast mit der Brechstange zu Werke gegangen war, hielt sich danach auch mehr zurück. Schließlich ließ sich Wazzek von den Vorteilen überzeugen und stimmte zu.

Hook verließ die beiden, die Einzelheiten in bezug auf Durchführung, Fraktionierung, Automatisierung sowie mögliche Überwachung durch Roboter diskutierten, und machte sich auf den Weg zum See, um dort ein Bad zu nehmen.

Nachdem die Projektleute offensichtlich wirklich planten, die Produktion des EVG in Angriff zu nehmen, und Wazzek damit betraut worden war, die technischen Voraussetzungen dafür zu arrangieren, lag das große Geheimnis für ihn eindeutig beim Ryder-Hook-Projekt.

Sicher eher geläufig als RHP, vermutete Hook.

Obwohl er sich zweifellos sehr für das RHP interessierte, war er jedoch vom Gervase-Projekt geradezu besessen.

Mindestens eine Stunde tummelte sich Hook im angenehm warmen Wasser, ohne daß ihn ein raubgieriger Fisch angriff, dann ging er langsam an den Strand zurück und dachte voller Vorfreude an ein Essen mit allen Schikanen. Sharon schlenderte geradewegs auf ihn zu.

Sie trug einen limonengrünen Badeanzug und hatte einen isotopisch betriebenen Föhn bei sich. Es sprang ihm förmlich ins Auge, wie hübsch sie war. Aber weiter wollte er nichts mit ihr zu tun haben. Lächelnd ging er an ihr vorbei.

Schließlich gab es zwischen ihnen keinerlei Beziehung und daher auch nichts zu sagen.

Dennoch ergriff Sharon das Wort.

»Meinetwegen brauchen Sie nicht die Flucht zu ergreifen, Berik!«

Hook fiel erneut auf, daß er diese lockere, elegante und raffinierte Art, die er sich im Umgang mit Problemen pikanter Natur allmählich angewöhnt hatte, mehr und mehr zu schätzen begann.

Er bewahrte sein freundlich unverbindliches Lächeln und meinte: »Ist schon in Ordnung, Sharon! Ich hatte meine Schwimmrunde ohnehin beendet, der See steht Ihnen ganz zur Verfügung. Viel Spaß!«

Sie rauschte vorbei. Ihr sonnengebräunter Teint hatte eine verräterische rötliche Schattierung angenommen. Obwohl sie kein weiteres Wort verlauten ließ, hatte Hook das unbestimmte Gefühl, sie würde ihn am liebsten in mundgerechte Stücke zerteilen und in siedendem Öl rösten.

Wie dem auch sei, schon sehr bald sollten die Mädchen mit den Medikamenten in den Busch aufbrechen, während Organson und Dolly zur Stadt zurückkehren und Wazzek sich mit Hook auf den Weg nach Magdorf machen würde. So hatte jeder seinen Plan. Sharon — nun, sie und Lydia und einige der anderen bekämen dann irgendwann Order, sich am Raumhafen zu melden und ihren Dienst an Bord ihrer Raumschiffe wieder aufzunehmen.

Hook bestellte sich das Festmenü, das er sich versprochen hatte. Er war gerade im Begriff, seine Mahlzeit zu beenden, als sich Wazzek für einen Verdauungsschluck zu ihm gesellte. Sein grobschlächtiges Gesicht strahlte schwitzend Selbstgefälligkeit aus.

»Es ist alles geregelt, Berik. Wenn Sie es wirklich Ernst meinen, mir bei der Erkundung Magdorfs als Begleiter zur Seite zu stehen, dann sollten Sie Ihre Rechnung besser sofort begleichen.«

»Haben wir es denn so eilig?«

Eine stattliche Anzahl von Ringen zierte Wazzeks fette Finger. Seine plumpen Hände hielten sein Glas umklammert. Wazzek sah in der Tat selbstgefällig aus, war aber ebenfalls verdammt nervös.

»Wenn Sie mit mir kommen wollen, werden Sie noch einige Dinge lernen müssen.«

Hook nickte, leerte sein Glas und lehnte sich zurück.

»Zuerst einmal, ich erteile die Befehle«, fuhr Wazzek fort. »Sie tun, was ich Ihnen sage. Zweitens, Sie begnügen sich mit dem, was ich Ihnen mitteile. Zu viele Fragen könnten ungesund sein. Drittens, Sie halten Ihren Mund. Wir wollen verhindern, daß Unbefugte ihre Nasen in dieses Geschäft stecken.«

Hook erhob sich.

»Ist das alles? In Ordnung, ich werde jetzt meine Rechnung bezahlen und treffe Sie in zehn Minuten im Flieger-Park. Okay?«

In den Falten von Wazzeks Nacken glitzten zahllose

Schweißperlen. Er schaute auf und konnte diesen großen, stämmigen Burschen nur als dunkle Silhouette gegen die Sonne des Spätnachmittages erkennen. Bevor Wazzek Luft holen konnte, um ihm zu antworten, war Hook schon davon spaziert.

Obwohl nicht alle Planeten und stellare Gruppierungen dem Universalsystem folgten, pflegte man vielerorts die Zeitrechnung zu rationalisieren. Eine Stunde war eben eine Stunde, daher aufgeteilt in Minuten und Sekunden. Die terrestrische Stunde, berechnet und kontrolliert durch Quarzkristalle, hatte sich bewährt und war die übliche Norm, und wenn die eigene Welt eine Rotationsperiode von sechsundzwanzig Stunden, dreiundvierzig Minuten und zehn Sekunden terrestrischer Zeitrechnung hatte, dann sagte man es auch so. Es wäre unsinnig und von den stellaren Systemen im höchsten Maße unerwünscht, die tägliche Umlaufzeit in Vierundzwanzigstel aufzuteilen und diese dann Stunden zu nennen. Als Hook zehn Minuten sagte, da meinte er zehn Minuten. Uhren mit Digitalanzeige stellten keinerlei Problem dar, die mit Zifferblatt und Zeigern mußten jeweils angepaßt werden. Hook jedoch bevorzugte Zifferblatt und Zeiger; eine kleine Überschlagrechnung verriet ihm die örtliche Zeit.

Das Hotel Suntish hatte Hook zu vernünftigen Preisen mit neuer Kleidung ausstaffiert, und so konnte er sich, da er ja schließlich ohne Gepäck gereist war, jetzt wenigstens einmal umziehen. Er trug nun einen hellgrauen Overall mit zitronengelben Patten und Tressen. Diese Verzierungen mochte er zwar nicht, mußte sich aber manchmal damit abfinden.

Nach fünfzehn Minuten und fünfundzwanzig Sekunden tauchte Wazzek im Flieger-Park auf.

»Ich wurde aufgehalten«, begann er und hielt dann unvermittelt inne. Amüsiert erkannte Hook, was hinter seiner Stirn vorging. Ganz bestimmt sagte er sich, daß er diesem Berik keinerlei Erklärung schuldig sei.

»Ich habe mich von Mundo Organson verabschiedet«, berichtete Hook. »Es mußte sehr schnell gehen, und er war richtig verwirrt, daß ich mich so eilig davonmachte. Das irritierte wiederum mich. Sollten Sie sich nicht an unsere Abmachungen halten, Wazzek, dann riskieren Sie jedes bißchen Vertrauen, das ich möglicherweise in Sie habe!«

Wazzek war total verblüfft.

Er schüttelte den massigen Kopf, als würde er seinen Ohren nicht trauen.

Ganz automatisch fächelte er sich Luft zu.

»Ist es Ihnen vielleicht entfallen, daß ich diese Expedition leite, Berik?«

»Nein! Aber sollten Sie sich als nicht vertrauenswürdig erweisen, könnte das durchaus passieren.«

Wazzek öffnete seinen Mund und klappte ihn wieder zu, während Hook bereits auf einen der Flieger zuging. Die Sicherheitsleute vom Hotel Suntish würden ihnen ohne weiteres Starterlaubnis erteilen. Hook riß die Tür zum Cockpit auf, trat dann allerdings einen Schritt zurück, um Wazzek zuerst einsteigen zu lassen.

»In Ordnung, Berik. Dieses Mal drücke ich noch ein Auge zu, aber nächstes Mal . . .«

Hook sagte kein Wort. Er krabbelte in den kleinen Viersitzer, schlug die Tür zu und schloß das Schutzdach.

Wazzek machte sich in einer Weise an die Startvorbereitungen, die Hook erkennen ließ, daß er über ausreichende diesbezügliche Kenntnisse verfügen mußte.

Das Hotel Suntish erteilte ihnen Startgenehmigung. Die Triebwerke heulten auf. Wazzek zog den kleinen Flieger aus dem Park heraus hoch und brachte ihn auf Kurs Raumhafen.

»Magdorf, wir kommen!« sagte Hook zu sich selbst.

7. Kapitel

Im Schlepptau Wazzeks und seiner Kreditkarte blieben Hook viele von den üblichen und sehr ermüdenden Schwierigkeiten, die ihn sonst an Raumhäfen zu erwarten pflegten, erspart.

Bellamy hätte so eine angenehme Welt sein können, aber — wie bei allen anderen Planeten, auf denen sich die Wirtschaftskonzerne bei ihrem Ringen nach Vormachtstellung bekämpften — ergab sich daraus als Resultat nur Verwirrung, Bedrohlichkeit und Verzweiflung.

Den glücklichen dieser Welten brachte sie natürlich auch Wohlstand und Erfolg. So hatte auch dieses, wie alles im Leben, zwei Seiten.

Das Flugfeld bot ein lethargisches Bild. Es waren nur wenige Schiffe vorhanden, und als nächstes Ereignis war die Ankunft eines Sternenfrachters in etwa zwei Tagen angekündigt. Im Lift, der sie in den Abfertigungsbereich brachte, wies Wazzek mit dem Finger auf das Feld.

»Das ist es. Nun?«

Gehorsam schaute Hook in die angezeigte Richtung. Er bedachte das abflugbereit an einen Steig gekoppelte Raumschiff mit einem umfassenden Blick.

»Sehr nett«, meinte er verbindlich.

»Wie ich feststellen muß, verstehen Sie offensichtlich nicht viel von Raumschiffen, Berik, sonst wären Sie mit Sicherheit beeindruckt!«

»Vermutlich. Es sieht aber nicht besonders groß aus.«

Wazzek schien diese Bemerkung nicht zu gefallen. Mit einem Achselzucken schüttelte er die — seiner Meinung nach — nichtssagende Kritik ab und ging voran in die Abfertigungshalle. Ganz so nichtssagend waren die Worte aber gar nicht!

Bei seinem Sternenschiff handelte es sich um ein Grosvenor Plectrum. Diese Kutter waren zwar von hochwertiger Qualität, jedoch hatte man, wie bei vielen anderen Grosvenor-Modellen, einige Bereiche vernachlässigt, um wieder anderen eine besondere Bedeutung zukommen zu lassen. Hooks Blick wanderte zum nächsten Steig. Das dort angekoppelte Schiff war ein Stellarum Peashooter. Es verfügte über drei Grano-Triebwerke für den Hyperraumflug und zwei deSantos zum Manövrieren. Wazzeks Plectrum hatte nur zwei Granos und zwei deSantos. Die räumliche Größe der beiden Sternenschiffe war identisch.

Während Wazzek über seine Starterlaubnis verhandelte, zu klären versuchte, ob seine Befehle in bezug auf die Beschaffung von Treibstoff und Proviant ausgeführt worden waren, zog sich Hook in eine Ecke des Abfertigungsbereiches zurück und setzte sich an einen Tisch mit einem Lesegerät, dessen Disketten wenigstens ein Jahr alt waren.

Er wählte eine Aufnahme mit sextoller, semiopernhafter Musik und brachte dann einige der IRK-Schaltkreise in seinem Gehirn zum Einsatz. Hook begann zu senden.

»Hey, Vanda! Ich weiß, daß ihr Androiden keinen Schlaf braucht. Was machst du gerade?«

Die antwortende Stimme in seinem Kopf hätte genauso gut von einer Frau aus Fleisch und Blut stammen können, die, an seiner Seite sitzend, mit ihm der Musik zuhörte. Ihre herzlichen Grußworte waren echt, nun, natürlich waren sie echt, schließlich hatte man sie entsprechend programmiert. Vanda war ein irrsinnig teurer Android und in jeder Beziehung Spitzenklasse.

»Hey, Captain! Ich habe mir die Aufzeichnungen vom Frandorf-Kampf noch einmal angesehen und im Anschluß daran eine Theorie für Raumkämpfe entwickelt, daß sich dir die Haare sträuben werden.«

»Glaube ich ohne weiteres.«

»Die Raumhafen-Leute belästigen uns immer wieder wegen der Liegegebühren, die sie von uns haben wollen.«

»Aber es ist doch genug Metallgeld an Bord, um sie zu bezahlen, oder etwa nicht?«

Vandas Androidenlachen erreichte glockenhell seine Schaltkreise. »Du klingst ja richtig besorgt, Captain!«

»Nun, das ist doch wohl verständlich. Die *Fire Daisy* ist schließlich unser Rückfahrschein aus dieser hinterwäldlerischen Chaotenwelt Bellamy. Jetzt hör mir mal gut zu, Vanda. Ich werde in Kürze an Bord der Grosvenor Plectrum, die neben euch liegt, abreisen.«

Vanda unterbrach ihn, eine Todsünde für Androiden.

»Captain! Warum? Warum nicht mit mir in unserer . . .?«

»Weil dieser Idiot, dem das Schiff gehört, meint, er kann es mit mir aufnehmen. Ich muß herausfinden, was er im Schilde führt. Es bedeutet, daß auch du dich abmarschbereit machst und uns folgst, sobald wir losdüsen. Aber ganz diskret, wenn ich bitten darf!«

»Ziel?«

»Magdorf. Pierre Karl Magdorf. Ist in den Karten noch nicht verzeichnet. Hat man gerade erst berechnet und, soweit bekannt, hält sich dort auch noch niemand auf.«

»Dann hefte ich mich an deine Fersen, Captain!«

»Wenn man das bei modernen Raumschiffen so nennen kann, gut!«

Er erkundigte sich nach dem Zustand seines Kutters *Fire Daisy* und vergewisserte sich, daß mit Vanda alles in Ordnung war. Als hervorragender Android, der als Gleichnis einer Frau geschaffen worden war, lag es ebenso im Bereich ihrer Fähigkeiten, Unangenehmes zu verbergen und vorzugeben, alles sei in bester Ordnung, selbst wenn sie in größten Schwierigkeiten gesteckt hatte, um, wie ein echtes treusorgendes Weib, den Captain nicht zu beunruhigen.

Wenn Hook sagte, daß Vanda als Android kein Wesen aus Fleisch und Blut sei, nun, dann meinte er damit, daß sie nicht so war wie er, dennoch bestand sie in gewisser Weise, auf *ihre eigene* Weise, aus Fleisch und Blut, und ihm wurde klar, daß er sich immer mehr auf sie verließ. War das für ihn, Ryder Hook, den Einzelgänger der Galaxis, ein Bekenntnis von Schwäche?

»Wir bleiben in Kontakt, dann brauchst du nicht so nahe heranzufliegen.«

»Was haben wir vor, Captain? Ich kann mir vorstellen, daß es eine sehr aufregende Situation ist.«

»Wir wollen herausfinden, wer die Freunde von Wazzek sind.«

Schon sehr bald, sinnierte Hook leicht irritiert, würden diese Androiden, anstatt durch Programmierung, durch wirkliche Empfindungen Gefühle teilen und Verständnis entgegenbringen.

Das Problem, ob sie nun Menschen seien oder nicht, würde ihm keinerlei Kopfzerbrechen bereiten. Er wußte nur, daß Vanda, je länger er sie kannte, für ihn immer mehr zu einem richtigen Mädchen wurde, anstatt eine bis ins Detail durchkonstruierte Maschine zu verbleiben, die darauf eingerichtet war, einer schönen und leidenschaftlichen Frau aufs Haar ähnlich zu sein.

Wazzek hatte seine Angelegenheiten am Schalter beendet, drehte sich herum und rief Hook.

»Kommen Sie, Berik, diese Einfaltspinsel erbarmten sich schließlich doch noch, uns Starterlaubnis zu geben.«

Hook erhob sich, schaltete die Musik aus, gab Vanda kurz letzte Anweisungen und folgte dann Wazzek zum Luftkissenfahrzeug, das sie zum Steig hinausbringen würde.

Nachdem Vanda sich entschlossen hatte, alle Einzelheiten über Führung eines Raumschiffes im Sinne von Captain Zero zu lernen, konnte Hook ihr als Pilotin bedenkenlos vertrauen. Zum Teufel noch mal, sie konnte ein Kampfschiff befehligen! Falls sie Hilfe benötigte, befanden sich noch einige seiner anderen Roboter an Bord. Nein! Hook hatte keinerlei Befürchtungen, daß Vanda in seiner *Fire Daisy* Wazzek aus den Augen verlieren könnte. Sie würde ihm pflichtbewußt auf den Fersen bleiben und alle Geschehnisse gewissenhaft aufzeichnen.

Wie weit er allerdings die Androidendame in bezug auf die Projektleute ins Vertrauen ziehen konnte, war seiner eigenen Mutmaßung überlassen.

Bislang betrachtete sie ihn als Captain Zero, den Helden von Raifal. Ihre eigene Persönlichkeit, das spürte Hook ganz deutlich, stellte ihre Programmierung allmählich ins Abseits. Theoretisch sollte ihre Unberechenbarkeit voraussagbar sein. Hook fragte sich, ob sich Vanda vielleicht in eine richtige Frau verwandelte?

Welch eine dumme und herablassende Frage! Sie *war* eine richtige Frau. Mit dem einzigen Unterschied, daß sie nicht geboren, sondern hergestellt worden war.

Das Luftkissenauto erreichte die Grosvenor Plectrum. Der in grellen Farben aufgepinselte Name lautete *Worgarn Majestic*. Das amüsierte Hook derartig, daß er beschloß, das Raumschiff in Zukunft nur noch Majestic Worm, also majestätischer Wurm, oder nur Wurm zu nennen.

Es stellte sich heraus, daß Wazzek das Schiff führte und, um den Vorschriften zu entsprechen, ansonsten nur noch eine Stamm-Mannschaft, bestehend aus Astrogator und Bordingenieur, vorhanden war. Hook entdeckte, daß Wazzek ihn als Nachrichtenoffizier gemeldet hatte, wahrscheinlich, damit er Kosten sparen konnte.

Der Astrogator war eine schlanke, schmalbrüstige Frau mit einem ansprechenden und irgendwie beruhigenden Gesicht. Hook spürte sofort, daß er mit Mia vanHusink gut auskommen würde. Sie hatte wunderschöne braune Augen. Ihre eigentlich vollen Lippen waren weder zu üppig noch verdrießlich geschürzt. Hook schüttelte lächelnd ihre Hand und war sich sehr wohl dessen bewußt, daß der Erfolg der Expedition von den Fachkenntnissen dieser Frau abhing.

Der Ingenieur hätte Wazzeks Zwillingsbruder sein können.

Er hieß Varley und verständigte sich nur mühsam mit Hilfe eines künstlichen Kehlkopfes. Dieses Körperteil war ihm einige Jahre zuvor bei einer Schießerei weggepustet worden. Hook hielt sich höflich zurück und überließ die Crew ihren Aufgaben.

Er hatte erfahren, daß Wazzek seinen Lebensunterhalt anfänglich als Unternehmer verdiente, der Engpässe aufdeckte und die benötigten Waren lieferte oder die verschiedenen Welten davon überzeugte, daß sie die Dinge, die er gerade anzubieten hatte, dringend brauchten, ja, ohne sie überhaupt nicht mehr leben könnten.

Dann hatte er, aus unerfindlichen Gründen, scheinbar das große Los gezogen. Inzwischen verfügte er über seinen eigenen Raumkutter und schwamm geradezu im Geld. Für Hook lagen die Gründe klar auf der Hand. Wazzek hatte sich von den Projektleuten anheuern lassen, ihre Drecksarbeit zu verrichten.

Einen Augenblick lang rührte Ryder Hook sogar so etwas wie Mitleid an.

Wazzek hatte versucht, seinen Lebensunterhalt im Mahlstrom der Sterne zu verdienen, wandelte auf ehrenwerten Pfaden. Dann brachten ihn die Novaleute mit ihren Angeboten, denen er einfach nicht widerstehen konnte, in Versuchung und drängten ihn so immer mehr in die Richtung unweigerlicher Vernichtung.

Neben Wazzek hatten die Projektleute schon manchen armen Teufel jenen verhängnisvollen Abhang hinuntergelockt, der schnell erreicht war und dessen Talfahrt dann niemand mehr aufhalten konnte.

Nicht zum ersten Mal zerbrach sich Hook darüber den Kopf, wie viele Projektleute es in der Galaxis wohl geben mochte.

Er verspürte wenig Lust, den Rest seines Lebens damit zu verbringen, entweder vor ihnen wegzulaufen oder sie zu töten.

Hook wünschte sich nur eines, daß sie endlich verschwinden und ihn in Frieden lassen würden.

Er brauchte die Novaleute noch, bis er herausgefunden hatte, was das Gervase-Projekt war.

Danach könnten sie alle in die Luft gesprengt werden, und die Galaxis wäre nach dieser Säuberungsaktion ein sehr viel schönerer Ort.

Während der Reise an Bord Wazzeks *Worgarn Majestic* zum brandneuen Planeten Magdorf harmonierte Hook wunderbar mit dem Astrogator Mia vanHusink.

Sie war wie eine Blume, deren Wurzeln in dürrem Boden auf den Segen des Wassers warteten, um sie dann zur Schönheit erblühen zu lassen. Was sie wirklich benötigte, konnte Hook ihr allerdings auch nicht geben, denn die beiden Männer, mit denen sie zu tun hatten ließen sie im Stich, um auf ihre eigene und unterschiedliche Weise Befriedigung zu finden, und er selbst dachte in diesem Zusammenhang nur an Iola Gervase. Jedoch konnte er sich mit Mia unterhalten, wie es ihm mit Sharon nicht möglich gewesen war. Das hatte nichts mit ihren stattlichen Formen zu tun. Mia besaß Wesenstiefen, die sie in diese Unterhaltungen einfließen ließ, während Sharon diesbezüglich nicht aus sich herausgekommen war.

Dennoch waren beide Frauen anerkennenswerte Leute, die den ihnen zugeordneten Job zur Zufriedenheit ausführten. In Sharons Fall war es sogar noch mehr.

Das Risiko eines Piratenüberfalles sollte man hier draußen nicht unterschätzen. Hook nahm deshalb Kontakt zu Vanda in der *Fire Daisy* auf und warnte sie, sehr wachsam zu sein. Als sie vom Raumhafen Bellamy abhob, überlistete Hook die Vorschriften, es müsse ein menschlicher Pilot an Bord sein, mit dem einfachen Trick, indem er sich in die Funkverbindung einschaltete und mit dem Tower Verbindung aufnahm, als säße er selbst in der *Fire Daisy*.

»Ich habe Waffen an Bord, Captain!«

»Eigentlich erwarte ich keinen direkten Zusammenprall mit Piraten, Vanda. Aber du wirst dich sicher an Captain Arons *Perseus* erinnern.«

»An das, was von dem Schiff noch übrig war, ja!«

»Nun, laß dich nicht erwischen, mein Mädchen!«

»Wie gerne hätte ich dich hier bei mir an Bord. Ich bin so einsam ohne dich . . .«

»Das entspricht doch nur deinem Programm.«

Hook faßte sich absichtlich kurz. Gewiß entsprach das nur ihrem Programm! Und sie war ein Androide, eine Konstruktion. Sie hatte keine Gefühle. Deshalb war es auch vollkommen unmöglich, diese zu verletzen. Dennoch wünschte Hook, er hätte das nicht gesagt. Wenigstens nicht so deutlich!

»Ja, Captain.«

»Sobald wir uns mit Wazzeks Kontaktperson getroffen haben, komme ich an Bord, Vanda. Das verspreche ich dir.«

»O ja, bitte, Captain!«

Auf was, zum Teufel, ließ er sich da ein? Er, Ryder Hook, der harte, einsame Einzelgänger der Galaxis, raspelte Süßholz mit einem — und man konnte es drehen und wenden wie man wollte — weiblichen Androiden!

Er verabschiedete sich und ging in den kleinen Aufenthaltsraum, wo er Mia vorfand, die er zu einer Runde ›Starlight Run‹ überredete. Sie würfelte Traumergebnisse und spielte ihn schwindlig. Nach einer Zehn und einer Dreizehn erzielte sie eine fantastische Siebzehn.

»Diese Ergebnisse kann ich nicht überbieten, Mia.«

»Das ist nicht nur Glückssache, Berik. Sie müssen die Würfel über das Gehirn manipulieren.«

»O ja, natürlich. Davon habe ich vorher schon mal gehört!«

»Es stimmt wirklich.«

»Nun, ich sehe vor meinem geistigen Auge immer nur die schreckliche Eins.«

»Miesmacher!«

»Vielleicht!«

»Wir werden jetzt bald den Hyperraum verlassen. Dieses Niemandsland Magdorf liegt wirklich vollkommen ab vom Schuß.«

»Aus dem Grunde«, verkündete Hook geistreich, »gibt es ja auch den Erkundungsservice.«

»Mit Sarkasmus kommen Sie auch nicht weiter.« Sie lächelte ihm zu und schüttelte die drei Würfel. »Es sei denn, ich werfe drei Sechsen.«

»Was die Götter des Raumes verhindern mögen!«

»Wollen Sie Metallgeld darauf setzen, Berik?«

»Während Sie hier wie eine irrwitzige Harpyie würfeln? Ums Verrecken nicht! Wenn Sie jetzt eine Serie von Einsern zustande bringen, lasse ich vielleicht mit mir reden.«

»Aber das weiß man doch vorher nicht, und dann ist es zu spät!«

»Inshallah! Wie sind Sie an Wazzek geraten?«

Der abrupte Themenwechsel brachte nur zum Teil den gewünschten Erfolg.

»Mein Mann kam während einer Raumfahrt ums Leben, und Wazzek zog mich aus dem Sumpf, in dem ich anschließend zu versinken drohte — Alkohol und Drogen. Ich verdanke ihm meine geistige Gesundheit und einen Job.«

»Ich hätte nicht fragen sollen. Nur . . .«

»Ich weiß. Und die Antwort auf Ihre andere Frage lautet: Nein! Kein Mann hat mich angerührt, seitdem mein Mann verstorben ist.«

Hook stand auf. Er zwang sich zu einem Lächeln.

»Zeit, die Wellenbänder zu überprüfen. Vielen Dank fürs Spiel, Mia.« Hook machte auf dem Absatz kehrt und ging.

Er war sich der vorliegenden Kontraste sehr wohl bewußt.

Auf der einen Seite er selbst, der sich Gedanken um eine Konstruktion in Form einer Frau machte. Auf der anderen Seite Wazzek, der eine richtige Frau vor Erniedrigung und Tod rettete, indem er ihr eine neue Lebenschance bot. Und Wazzek war der Schurke in dem Stück, das das Leben schrieb, oder?

Die Angelegenheit zeigte sich natürlich noch sehr viel komplexer.

Hook murmelte irritiert vor sich hin und ging ins Cockpit hinüber, wo er sich an der ihm zugewiesenen Konsole niederließ.

Die Autopiloten steuerten das Schiff.

Er überprüfte die Informationen, allerdings in erster Linie, um sich von seinen idiotischen Gedanken abzulenken.

»Magdorf müßte in Reichweite sein, Berik«, sagte Wazzek. Er saß auf dem Pilotensessel und drehte sich äußerst selbstgefällig hin und her. »Stellen Sie es mal bitte ein!«

Hook drückte die entsprechenden Knöpfe, und augenblicklich tauchte das verschwommene Bild eines im Raum hängenden Planeten geisterhaft auf dem vorderen Monitor auf.

»Das taugt doch nichts, Berik! Können Sie es nicht deutlicher einstellen?«

»Ist noch ziemlich weit entfernt, Wazzek!« Hook war der Meinung, ein kleiner Stich könne nicht schaden. »Und Ihre Geräte sind über eine solche Reichweite nicht leistungsstark genug.«

»Oh? Woher, zum Teufel, wollen Sie das wissen?«

»Ich entnehme es der Instrumentenanzeige. Das ist alles!«

Mit Geschick und Fingerspitzengefühl gelang es Hook schließlich, das Bild so scharf hereinzubekommen, daß auch er die Möglichkeit hatte, sich einige Umrisse der Kontinente zu merken.

»Da erstreckt sich ein verdammt großer Ozean um den gesamten Äquator herum. Darum paßte Magdorfs ganzer Name auf den Kuchen.«

»Wo«, erkundigte sich Hook, »wollen Sie runtergehen?«

»Der Planet ist vollständig unbewohnt, daher können wir uns die angenehmste Stelle aussuchen.«

»Ergibt Sinn!«

Varley rief aus dem Maschinenraum, daß er bei der Landung gern auf die Brücke kommen würde. Mia erschien und setzte sich an ihre Konsole.

Das Bild des Planeten auf dem Monitor wurde immer deutlicher.

Hook lächelte Mia zu.

»Sie haben den Hyperraum genau am richtigen Punkt verlassen. Tolle Leistung! Jetzt bringt uns Wazzek . . .«

Er wurde unterbrochen. Eine schrille, aufgeregte Stimme meldete sich über den Lautsprecher. »Rufe Raumschiff, das sich unserer Welt nähert! Sie sind hier unerwünscht! Verschwinden Sie *sofort*!«

8. Kapitel

Die *Worgarn Majestic* floh auf die andere Seite des Planeten Magdorf und begab sich in einen Orbit mittlerer Höhe.

Die schrille Stimme im Lautsprecher wurde schwächer und verstummte schließlich ganz.

Wazzek atmete tief durch.

»Verdammt lästig. Diese Schwierigkeiten hatte ich ich nicht erwartet.«

»Sie klang sehr jung«, kommentierte Mia.

»Wie viele mögen es sein?« wollte Varley wissen. »Jung oder alt, wir können sie problemlos rausschmeißen.«

Hook sagte kein Wort.

Wazzek hatte ganz recht. Sie könnten ein lästiges Problem werden. Bei *sie* in diesem Zusammenhang mochte es sich um die unterschiedlichsten Leute handeln — jung und ungestüm oder alt und ruhebedürftig, Rebellen, Versager, Eigenbrötler oder einfach Menschen, die ein neues Leben beginnen wollten und sich daher auf die Suche nach einer anderen Welt machten.

Sie würden dann ein Konsortium oder eine Partnerschaft bilden, und häufig kauften sie sich zur Durchführung ihrer Pläne ein so altes und klappriges Raumschiff, daß sie es nur mit List und Tücke noch durch die Inspektion brachten. Mit soviel Vorräten, wie es ihnen möglich war, düsten sie schließlich in die feindselige Nacht des Raumes hinaus und suchten sich eine rechtschaffene neue Welt — die Welt ihrer Träume.

Erschütternde Überbleibsel solcher Kolonisierungsexpeditionen tauchten mit deprimierender Häufigkeit auf. Die Leute hier auf Magdorf waren erst kürzlich gelandet. Es schien durchaus denkbar, daß sie auf dieselbe Weise wie Sharon und Lydia, nämlich durch den Erkundungsservice, Wind von einem neuen und brauchbaren Planeten bekommen hatten.

Wenn die neue Kolonie auf einer idealistischen Basis gegründet wurde, könnte sie sich ausgezeichnet entwickeln. Viele Leute hatten es satt, weiterhin unter der erdrückenden Bürokratie zu leben, die die meisten schon länger besiedelten Welten alles umfassend kontrollierte. Aber wo Millionen von Menschen Schulter an Schulter zusammenlebten, waren Gesetze und Maßregeln eben unerläßlich!

Also hinaus in Feld, Wald und Wiesen! Zurück zu Mutter Natur! Sucht euren Wohlstand zwischen den schneebedeckten Gipfeln fremder Berge!

O ja, die Versuchung, das Wagnis einzugehen und sich eine neue Welt zu erobern, war immer noch sehr groß im Mahlstrom glitzernder Sterne!

Während der ersten Runde im Orbit tauchten keine weiteren Signale auf. Das Funknetz tastete die üblichen Frequenzen ab und würde somit auch die leisesten Geräusche hereinbringen. Bis sie den Punkt, an dem das erste Signal plötzlich eintraf, wieder erreichten, herrschte Stille.

Doch dann plapperte die schrille, aufgeregte Stimme erneut los.

»Verschwindet! Ihr seid hier unerwünscht!«

Wazzek nahm davon einfach keine Notiz, bis Hook, von seiner Kommunikationskonsole aus, den Standort melden konnte.

»In dem Vorgebirge dort«, verkündete er und übertrug das entsprechende Bild auf einen Seitenmonitor. Das Vorgebirge lag etwa fünfzig Meilen jenseits einer sanft ansteigenden Ebene. Das hintere Ende dieser Ebene grenzte mit niedrigen Klippen an das zentrale Meer.

»Vergrößern Sie den betreffenden Ausschnitt!«

Hook betätigte die Scharfeinstellung, und schon erschien die Szene auf dem Schirm. Die Hügel bildeten den Rand dieses Ausschnittes, und sie konnten klar und deutlich eine kleine Siedlung erkennen. Aufsteigender Qualm eines Holzfeuers überschattete stellenweise das Bild. Die Dächer der Häuser schienen aus Zweigen, Schindeln und Lehm gefertigt zu sein. Auch Viehställe waren vorhanden. Von Robotern oder einer Energiequelle außer der am Rande der Siedlung aufgestellten Windmühle gab es keinerlei Anzeichen.

»Die haben wirklich ganz von vorne angefangen«, äußerte sich Mia. »Bewundernswert!«

»Ihr Problem«, knurrte Varley. Er räkelte sich genüßlich in seinem bequemen Sessel. »Es sind nicht viele, primitiv noch dazu. Die können wir problemlos erledigen.«

»Aber . . .« begann Mia.

Wazzek fiel ihr ins Wort.

»Das wird gar nicht nötig sein. Diese Kretins könnten uns sogar nützen, wenn jemand schnüffeln kommen sollte.«

»Oh?«

»Gewiß. Wir werden uns auf der anderen Seite des Planeten niederlassen. Durch ihre unzulängliche Ausrüstung werden sie niemals erfahren, daß wir uns dort aufhalten, geschweige denn, uns je finden.«

»Ja«, stimmte Varley zu. »Ihnen fällt immer das Richtige ein, Wazzek!«

Während dieses Umlaufes entdeckten sie ein Phänomen, das aus Magdorf eine hervorragende Touristenattraktion hätte machen können. Es erklärte auch, warum sich die Siedler im Vorgebirge hinter fünfzig Meilen Ebene und nicht an der Küste niedergelassen hatten.

Die Gezeiten dieses Ozeans, der sich um den gesamten Planeten herum erstreckte, während sich im Norden und Süden riesige Festlandflächen ausdehnten, waren in der Tat spektakulär.

Die Wassermassen schoben sich um den Planeten, teilten sich in drei Wellen auf, die einander unablässig folgten. Sie türmten sich auf, rollten wie eine feste Wasserwand wuchtig vorwärts und ergossen sich dann explosionsartig als Flut übers Land, wodurch alles in einem Umkreis von mindestens einhundert Meilen förmlich plattgewalzt wurde. Das Wasser verteilte sich rasch über die Ebene. Wenn diese brüllende, alles mit sich reißende Flutwelle, die den Boden erbeben ließ, vorübergerollt war, trocknete der Sonnenschein das Land und machte es bereit zum nächsten Ansturm.

»Welch ein Paradies für Surfer«, entfuhr es Hook.

Die Ungeheuerlichkeit dieser Wellen, die wahnsinnigen Wassermassen, die krachende Gewalt und irrsinnige Kraft ließen Hook förmlich erschaudern.

»Wenn man das so richtig bedenkt.« Mia schlug sich die Hand vor den Mund.

»Greifen Sie sich ein altes Surfbrett und ab gehts. Man könnte für immer und ewig um den Planeten herumsurfen. Ohne jemals aufzuhören. Eine Runde nach der anderen.«

»Wenn diese Massen auf jemanden fallen würden«, gab Wazzek zu bedenken, »ging es ganz schön tief nach unten. Man wäre ertrunken, noch bevor man die Oberfläche wieder erreicht hätte.«

»Aber nur, wenn man vom Brett herunterfällt!«

»Mir läuft's kalt den Rücken runter«, gestand Varley und wandte sich demonstrativ vom Monitor ab, der das unglaubliche Naturschauspiel dieses Planeten zeigte, und begann, nach einem passenden Standort zu suchen.

»Da die Flut immer dieselbe Richtung einschlägt«, sinnierte Hook, »könnte man ein hübsches Kraftwerk errichten. Müßte natürlich unter Wasser liegen, sonst würde es sofort platt gewalzt.«

»Richtig, und die Kabel müßten in festen Stahlbeton gebettet werden. Und was die Rahmenantennen betrifft . . .« Wazzek unterbrach sich. »Wir planen zu weit voraus. An Energie wird es uns sicher nicht mangeln.«

Tiere tauchten zwischen den Bäumen auf und galoppierten durch die Ebene. Aber abgesehen von der kleinen Siedlung gab es keine weiteren Anzeichen intelligenter Lebensformen.

Möglicherweise hatte die dünne Luft die Stimme des Mädchens so schrill klingen lassen. Hook wußte, daß sie nur aus Angst so angriffslustig erschienen war. Er hätte sie gerne beruhigt. Aber es war für ihn wichtiger, diesem Schmarotzer Wazzek auf den Fersen zu bleiben, bis er sich mit seinen Auftraggebern getroffen hatte.

Voraussetzung dafür war das Auffinden eines geeigneten Baugeländes. Wenn sie sich entschieden hätten, könnten sie zum Rapport zurückkehren. Und dann – nun, dann hoffte Hook, eine ganze Menge mehr über das Projekt zu erfahren, von dem er geradezu besessen war.

Wazzeks kleiner Kutter, für Hook inzwischen nur noch Sternenschiff Wurm, war mit hochentwickelten Abtast- und Suchgeräten ausgestattet.

Ein systematischer Ablauf wurde ausgearbeitet und nummeriert. Danach machten sich die Spezialgeräte an die Arbeit.

Als Wazzek Hook fragte, ob er wüßte, wonach sie suchten, und er diese Frage spontan bejahte, hatte er dieser Antwort seine bisherigen Erfahrungen im Umgang mit Novamännern zugrunde gelegt. Sie hatten einmal eine riesige Fabrikanlage weit ab vom Schuß errichtet und sie dann anschließend in die Luft gejagt. Als nächstes versuchten sie, getarnte Unternehmen näher an die Zivilisation heranzubringen. Inzwischen waren sie zu den Grenzwelten zurückgekehrt, allerdings ohne Menschen, die die Grenzen bilden könnten.

»Viel frisches, fließendes Wasser«, meinte Wazzek. »Nun, es gibt ja eine Menge Flüsse hier. Zuerst probieren wir es in der südlichen Hemisphäre. Das ist näher am Äquator.

»Ein verdammt feuchter Äquator«, warf Mia lachend ein.

Wazzek wischte sich den Schweiß aus dem Nacken.

Aber gleichzeitig gelang es ihm, die Mundwinkel als Bestätigung von Mias Bemerkung zu verziehen.

»Wir benötigen gemäßigte Temperaturen rund ums Jahr. Weder Sandstürme noch eisiges Schneegestöber.«

»In Anbetracht der hier anwesenden Störenfriede«, strich Hook heraus, »sollten wir uns besser auf der gegenüberliegenden Seite des Planeten niederlassen. Richtig?«

Man stimmte ihm zu.

Später, als der Computer gerade damit beschäftigt war, unter den einhundert eingegebenen möglichen Standorten den am meisten geeigneten herauszufinden, sagte Mia zu Hook: »Es scheint Sie nicht sehr zu überraschen, daß jemand, ungeachtet der Probleme, alle Vorräte per Raumtransporter einfliegen zu müssen, hier anstatt in einer fortschrittlichen Welt eine Chemiefabrik errichten will, stimm's, Berik?«

»Sie müssen dafür gute Gründe haben. Das reicht mir als Erklärung, Mia.«

»Sie sind aber verdammt vertrauensselig.«

»Kein Grund, es nicht zu sein!«

Wazzek war verschwunden, um sich für etwa eine Stunde hinzulegen, und Varley hatte sich in seinen Maschinenraum zurückgezogen. Hook und Mia waren auf der Brücke geblieben, um den Computer bei seiner Arbeit zu beaufsichtigen.

Mia trug einen dunkelblauen Overall. Jetzt öffnete sie den seitlichen Reißverschluß und entledigte sich mürrisch des Oberteiles. Eine weiße Spitzenbluse kam zum Vorschein. Sie hatte ihr Gesicht von Hook abgewandt, schob das herunterhängende Oberteil beiseite und überprüfte die letzten Angaben des Computers.

Sollte sie den ganzen Overall ausziehen, würde sich Hook gezwungen sehen, den Kontrollraum zu verlassen.

Er fragte sich allen Ernstes, ob er einen Fehler begangen haben mochte, indem er so nett zu ihr war. Vielleicht hätte ihr das Hoffnungen gemacht. Sicher war sie, bevor ihr Mann ums Leben kam, einst eine leidenschaftliche Frau gewesen, und hatte möglicherweise jetzt, da sie jemanden sympathisch fand, Sehnsucht nach diesen gewissen Augenblicken.

Sie griff mit der rechten Hand unter ihre linke Achselhöhle und zog einen winzig kleinen Pfeilwerfer heraus. Die Waffe verschwand vollständig in ihrer Handfläche.

Hook wich vorsichtig zurück.

Mia schaute zu ihm auf, entdeckte seine Vorsichtsmaßnahme und lachte.

»Haben Sie wirklich gedacht . . .?«

»Ich dachte gar nichts, Mia.«

»Ich sagte es Ihnen doch bereits, Berik. Seit dem Tode meines Mannes hat mich kein anderer berührt. Ich bin noch nicht soweit.«

»Nun, wenn Sie den Striptease nicht aus diesem Grund hingelegt haben, was soll dann diese Waffe?«

»Ich habe sie seit zweit Tagen nicht mehr überprüft. Will nur sichergehen, daß sie immer noch am Platz einsatzbereit ist.«

Die Spitzenbluse enthüllte nur Schatten und die deutlichen Abdrücke ihrer Brustwarzen. Hook blickte zur Seite. Der Unterschied zwischen dieser schmächtigen kleinen Frau und der vollbusigen Sharon ließ ihn zu der Erkenntnis gelangen, daß es immer noch Hoffnung für die Galaxis gab. Soviele verschiedene Menschen gestalteten eine Welt, man denke nur daran, wie viele unterschiedliche fremde Wesen in einer Galaxis herumschwirrten!

Geschickt hantierte Mia ihre kleine Pfeilpistole, nahm das Magazin heraus, überprüfte und ölte es, baute die Waffe wieder zusammen und schob sie an ihren Platz unter dem Arm zurück.

»Sollten Sie jemals Interesse daran zeigen, mich ganz nahe bei sich zu haben, Mia, werde ich mich stets an dieses schußbereite Ding erinnern.«

»Wenn es je geschehen würde, Berik, lasse ich es Sie deutlich wissen.«

»Okay!«

Weil es als logische Folge unumgänglich schien und weil sie ihn wahrhaftig sehr beeindruckt hatte, mußte

Hook ganz einfach sagen: »Wenn nötig, haben Sie diese Waffen doch sicher schneller schußbereit zur Hand, nicht wahr? Ich meine, Sie müßten sich nicht mitten in einer Schießerei erst ausziehen, um die Pfeilpistole herausholen zu können, oder, Mia?«

»Nein!«

Hook sah aus den Augenwinkeln zu ihr herüber. Sie hatte gerade den Reißverschluß hochgezogen.

Sie errötete zwar nicht, vermied es aber dennoch, ihm in die Augen zu schauen.

»Ich wollte nur . . .«, begann sie und wurde dann von einem leisen Klingeln des Computers unterbrochen, der damit anzeigen wollte, daß seine Arbeit beendet war. Mia nahm das zum Anlaß, sich weitere Worte der Erklärung zu schenken.

Hook forschte nicht weiter nach. Er vermutete — war aber nicht sicher ,— daß ihr Tun auf einen Anflug lange unterdrückter Sehnsucht zurückzuführen war. Vielleicht hätte sie, in der Hoffnung, Hook könne dann nicht länger widerstehen, auch noch ihre Spitzenbluse geöffnet, verspürte dann jedoch Angst vor der eigenen Courage. Nein. So war es sicher nicht. Hatte die Vernunft bei ihr gesiegt? Wie dem auch sei, im Augenblick könnten sie ohnehin nichts zustandebringen, denn der Computer spuckte inzwischen seine Informationen aus, und die beiden anderen Mannschaftsmitglieder warteten darauf, in den Kontrollraum gerufen zu werden. Vielleicht war's einfach die Erinnerung an ihren Mann?

Der Anlaß interessierte sowieso nicht mehr. Sie konnte tun, was ihr beliebte, Hook würde sich nicht darum kümmern, es sei denn, sie stellte unmögliche Anforderungen an ihn.

»Sieht wirklich vielversprechend aus«, meinte Mia, ohne sich herumzudrehen. Sie schaltete den Kommunikator ein und rief Wazzek.

Jetzt war sie wieder die tüchtige, dienstbeflissene Mia vanHusink. Wie wäre sie gewesen, wenn sie ihr Vorhaben bis zum Ende durchgeführt hätte?

Als Wazzek im Kontrollraum auftauchte, umgab ihn ein Hauch von Kleeft. Hook faßte dieses Zeugs niemals an. Er wußte, daß man damit für eine Weile in den Siebten Himmel gelangte, aber anschließend konnte es einen unter Umständen in die siebente Hölle verdammen. Chemiker waren imstande, den Stoff neunundneunzig Komma acht neun Prozent rein herzustellen. Diese beiden fehlenden kleinen Promille richteten den Schaden an, aber es würde, bei zweifelhaftem Erfolg, ein Vermögen kosten, sie auch noch zu beseitigen. Eine hundertprozentige Reinheit war ökonomisch nicht durchführbar.

Diese Berechnungen würde auch Mundo Organson berücksichtigen und eine Lösung finden müssen, wenn der Herstellungsbetrieb für das ›Entwickelte Vilgene‹ hier auf Magdorf errichtet werden sollte.

Hook war felsenfest davon überzeugt, daß die Projektleute eine Reinheit möglichst nahe an hundert Prozent verlangten. Er fragte sich, ob das EVG wohl Nebeneffekte haben mochte und ob die Reinheit oder deren Mangel sich in diesen Nebenwirkungen niederschlagen würden.

Von seinem Pilotensessel aus führte Wazzek die Landung routiniert durch. Hook konnte ihm nur die Länge seines Anflugweges als Fehler vorwerfen. Wazzek begab sich schon weit draußen in eine Gleitbahn, als würde er einem nicht existierenden Leitstrahl folgen.

Nun, manche Piloten gingen eben plump und ungelenk mit ihren Raumschiffen um. Von einem solchen Piloten würde Hook kein gebrauchtes Raumschiff kaufen.

Sorgfältig überprüften sie den Ort.

Es handelte sich um flaches, offenes Gelände, mit einer Vegetation, die sowohl Gras als auch eine brandneue Pflanzenart, die die Botaniker der Galaxis möglicherweise in helle Aufruhr versetzen würde, sein mochte. Wazzek interessierte sich nicht für botanische Wunder.

Hinter der Ebene, mindestens fünfzig Meilen entfernt, wuchsen hohe, dunkle Bäume. Die Fabrikanlage würde sich nicht über den gesamten Bereich erstrecken. Ein Fluß mit sanft abfallenden Ufern teilte die Ebene. Das Wasser konnte für menschliche Wesen ohne weiteres trinkbar sein, sie aber genauso gut auf der Stelle tot umfallen lassen oder ihnen Magenkrämpfe bescheren, daß sie sich vierzehn Tage vor Schmerzen krümmten.

»Sieht gut aus«, verkündete Wazzek. »Wollen wir mal nachsehen gehen!«

Durch seinen künstlichen Kehlkopf schnarrte Varley: »Besser Raumanzüge mitnehmen.«

»Nicht nötig. Die Luft ist zwar dünn, aber man kann sie atmen.«

Mit diesen Worten öffnete er die Schleuse. Hook bereitete sich seelisch darauf vor, eine neue und fremde Welt zu betreten.

9. Kapitel

Sie überprüften die Gegend ganz genau, um sicherzugehen, daß sich die Wahl des Computers und ihre eigenen Bedürfnisse absolut deckten.

Wazzek war zuversichtlich, daß dieses Gelände weit genug vom Meer entfernt lag, so daß der Fluß durch die brüllenden Flutwellen nicht über die Ufer treten würde. Eine Hügelkette schirmte den Bereich wie eine Barriere ab. Alles in allem vertrat Wazzek die Meinung, seine Auftraggeber könnten zufrieden sein.

Mia vanHusink wanderte durch das buschige Gras auf einige rosafarbene Blumen zu. Ihr hatte die Landung deutlich gut getan, wie den anderen Mannschaftsmitgliedern eigentlich auch. Sie tänzelte förmlich dahin.

Mit dem für ihn üblichen rasselnden Schnarren verkündete Varley, er habe von freier Natur die Nase voll, vielen Dank, ging zum Schiff und zog sich in seinen Maschinenraum zurück.

Hook atmete tief ein.

Sicher, die Luft war dünn, aber wenn man die Lungen ganz aufblähte, reichte sie vollkommen aus. Wenn sich hier erst einmal Siedler für immer niederließen, würden deren Kindeskinder ihre Atemtechnik von Anfang an umstellen.

Dennoch, es war ein fremder und bisher vollkommen unerforschter Planet. Wer kannte schon die Gefahren, die er möglicherweise bot?

Wazzek hatte die Hände in die Hüften gestützt, streckte sich und holte tief Luft. Sein Anblick erinnerte Hook an einen Forscher längst vergangener Tage, der auf dem höchsten Berggipfel steht und es kaum erwarten kann, das vor ihm liegende Neuland zu erobern. Ganz plötzlich hatte auch Hook genug von dieser kleinen Erkundungsaktion.

»Ich gehe zum Schiff zurück«, verkündete er. Anschließend rief er Mia zu: »Entfernen Sie sich nicht zu weit, Mia. Man weiß nie, was es hier . . .«

»Ich bin sehr wohl imstande, auf mich selber . . .«, begann sie und wurde dann wiederum von Wazzek unterbrochen.

»Ich passe schon auf, Berik. Kein Grund zur Sorge.«

»In Ordnung!«

Hook atmete noch schnell ein paar Mal durch und ging zum Lift hinüber.

Er hielt sich am Gitter fest und dachte über mögliche Lebensformen nach, die sich in der Küstenebene behaupten könnten. Bei den Wassermassen, die sie im regelmäßigen und niemals endenden Rhythmus heimsuchten, müßten sie geschickt und beharrlich sein. Terrestrische Krabben und andere Strandtiere wären dazu imstande, daher vermutete Hook, daß es so etwas auf Magdorf geben würde.

Plötzlich drang ihm ein Geräusch ans Ohr. Es hörte sich an wie das Zuziehen eines Reißverschlusses mit Echo.

Gleichzeitig begann Wazzek wie wild zu schreien.

Hook machte auf dem Absatz kehrt, aber der Aufzug befand sich bereits unterwegs nach oben.

Hook konnte genau sehen, wie alles geschah. Es spielte sich vor seinen Augen wie in Zeitlupe ab. Und der verdammte Lift setzte stur seinen Weg zum Raumschiff hinauf fort.

Im Boden öffnete sich eine Spalte. Diese Spalte vergrößerte sich. Aus dieser urplötzlich entstandenen Höhle schoß ein . . . Ding hervor.

Ein dreieckiger Kopf, beherrscht von einem mörderischen Gebiß, bildete die Spitze eines wurmähnlichen, blaßrosa gefärbten Körpers, der sich gierig wand. Schmal wie Schlitze lagen die Augen tief in ihren Höhlen. Hook vermutete, daß dieses Ungeheuer nicht blind war, sondern sich nur vor dem Sonnenlicht schützte. Rosafarbene Blumen baumelten zu beiden Seiten der Erdspalte herab.

Das blitzartige Auftauchen des aggressiven Wurmes war dem Geräusch des sich öffnenden Bodens unmittelbar gefolgt. Bösartig lugte der Kopf mit dem furchterregenden Gebiß hervor.

Wazzeks Schreckensschreie hielten an. Hook zog seine Malens Marksman hervor und zielte auf das Ding, das Mia vanHusink in seinen Fängen hielt und sie mit sich in die Finsternis dieser fremden Erde zerren wollte.

Der Schuß löste sich in dem Moment, als der Aufzug endlich anhielt. Der Ruck erschütterte die Pistole, und Hook verfehlte sein Ziel. Der dreieckige Kopf, dessen Reißzähne Mias schlanken Körper gefangen hielten, verschwand im Boden, und die rosafarbenen Blumen standen wieder vereint, als sei nichts geschehen.

Hook hatte in seiner Nervosität fast den Halteknopf des Lifts zertrümmert. Nachdem er nun endlich doch angehalten hatte, trat er gleich wieder den Weg nach unten an. Hook sprang die letzten anderthalb Meter hinunter und rannte los.

»Lassen Sie den Quatsch, Wazzek! Reißen Sie sich zusammen!«

»Mia!« schrie Wazzek. »Haben Sie das gesehen? Mia!«

Hook hastete über das fremde Gras auf die rosafarbenen Blumen zu. Sollte dieses verdammte reißzahnige

Wurmmonster seinen Kopf nochmals durch die rosafarbenen Blumen stecken, würde Hook ihn wegpusten. Vielleicht lebten dort unter der Erde viele von ihnen. Er griff nach den Blumen, riß sie heraus, warf sie beiseite und suchte nach der Öffnung.

Der Boden sah einheitlich aus. Hook fand nicht die Spur einer Öffnung oder Erdspalte.

Wazzek erholte sich. Er schluckte ein paar Mal, wischte sich wie wild im Gesicht herum und rief dann Varley im Raumschiff.

»Bring Spaten und Spitzhacken heraus, Varley, aber schnell!«

Hook stand wie angewurzelt.

Er beobachtete, wie Wazzek, dieser massige Mann, sich schwerfällig dahinschleppte.

»Zu spät«, murmelte Hook und haßte es, diese schrecklichen Worte sagen zu müssen.

»Wir sollten es wenigstens versuchen!« keuchte Wazzek. Die dünne Luft machte ihm zu schaffen. »Müssen es versuchen!«

Er hatte recht, und Hook wußte das. Aber ebenso verspürte er die grausame Gewißheit, daß sie Mia vanHusink niemals wiedersehen würden.

Varley brachte Spitzhacken und Spaten. Wie ungestüme Kinder am Strand begannen sie zu graben. Erdklumpen flogen durch die Gegend. Die rosafarbenen Blumen verteilten sich zu einem Teppich fremdartiger Blütenblätter. Gemeinsam arbeiteten sie sich ihren Weg in die Erde hinein.

Die drei Männer gaben erst dann auf, als ihnen die Sinnlosigkeit ihrer Aktion unumgänglich deutlich wurde.

Hatte das Ungeheuer Mia nicht inzwischen aufgefressen, so wäre sie längst erstickt.

Sie hatten nicht einen einzigen Hinweis auf Mia gefunden, weder einen verlorenen Schuh, nicht ihre Spitzenbluse, noch nicht einmal einen Knopf. Überhaupt nichts!

Mia vanHusink war verschwunden, als hätte sie niemals existiert.

Hook vermutete, daß er sich immer an sie erinnern würde.

»Das wär's dann wohl«, keuchte Wazzek. »Verdammter Mist!«

Varley grunzte Unverständliches. Er begann, die Gerätschaften einzusammeln.

Hook gab sich nicht zufrieden. Sicher, in bezug auf die Rettung Mias konnten sie nichts mehr tun, da hatte Wazzek vollkommen recht, aber der Zwischenfall war derartig widerwärtig gewesen, daß er in Ryder Hook massive Rachegelüste weckte.

Er entfernte sich aus dem Bereich vereinzelt herumliegender Erdhaufen, die sie in ihrer Hektik, getrieben von dem Drang, noch schneller graben zu müssen, wahllos in der Gegend verteilt hatten. Mit geneigtem Kopf überprüfte er die Strecke vom Raumschiff bis zu den Blumen — oder besser zu dem, was von den Blumen übrig geblieben war.

Erkannte er dort einen leichten Erdhügel, der sich von den Blumen etwa fünfzehn Meter weiter zu einer anderen Ansammlung rosafarbener Blüten hinzog?

Hook besah sich die Stelle von verschiedenen Blickwinkeln aus, war sich aber trotzdem nicht ganz sicher. Der Gedanke an eine schattenhafte Erhebung könnte ebenso ein Hirngespinst sein, das seinen animalischen Rachegedanken entsprang.

»Kommen Sie, Berik. Wir hauen jetzt ab!«

»Moment noch, Wazzek. Können Sie dort hinten etwas erkennen?« Hook wies ihm die Richtung, ohne Wazzek näher zu erklären, worauf er achten sollte.

Wazzek blickte hinüber.

»Keine Ahnung, Berik. Ist vielleicht ein Schatten, so wie ein . . .« Dann schrie Wazzek plötzlich los. »Dahin ist das verdammte Miststück verschwunden!«

»Schon möglich. Graben hat keinen Zweck, holen Sie ein Energiegewehr!«

Varley brachte die gewünschte Waffe heraus und schoß auf den schwachen Schatten, der sich am Boden entlang zog. Die zweite Gruppe rosafarbener Blumen fiel einem Stoß brutaler Energie zum Opfer.

»Weiter, Mann!« drängte Wazzek. »Weiter!«

Der Gestank verbrannter Erde und Pflanzen hing schwer in der dünnen Luft, wurde von einer Windbö erfaßt und verschwand.

Varley zielte mit dem Gewehr auf eine Spur, die er meinte erkennen zu können, und schoß. Die Erde brodelte. Hook hielt sich beobachtend im Hintergrund und versuchte, jeden Gedanken an Mia zu verdrängen.

Bald darauf ließ Wazzek auch diese Aktion beenden. Er äußerte sich folgendermaßen: »Wir entdecken keine Tunnel, finden überhaupt nichts, geschweige denn dieses Wurm-Ungeheuer. Mia bleibt verschwunden.«

»Ich bin dafür, daß wir von diesem verdammten Planeten abhauen«, grunzte Varley.

»Ich auch«, stimmte Hook ihm zu.

Wazzek nahm Varley das Energiegewehr aus der Hand und drehte sich herum. Er schickte eine rachsüchtige Energieladung in den Boden, plazierte sie hinter den letzten Einschußlöchern Varleys.

Die Staubwolken verzogen sich, und die verbrannte

Erde wurde vom Winde fortgetragen. Ansonsten ereignete sich gar nichts.

Die drei Männer kehrten zum Schiff zurück.

Auf dem Weg dorthin wurde Hook plötzlich klar, daß er Wazzeks *Worgarn Majestic* niemals mehr würde Wurm nennen können, denn dieses Wort hatte jetzt eine ganz andere Bedeutung für ihn.

10. Kapitel

Die Bewohner der Galaxis, ob es sich nun um Homo saps oder eine der etwa tausend Formen fremdartigen menschlichen Lebens handelte, waren weder aufgeteilt in schwarz oder weiß, noch in gut oder schlecht. Wie es nun einmal der Veranlagung dieser Lebewesen entsprach, wurden sie von Gefühlsregungen verleitet, genauso gut dumme und törichte Dinge zu tun, wie Böses oder gar Heldenhaftes.

Mundo Organson zum Beispiel beteiligte sich aktiv an Wazzeks Plänen, weil er gut dafür bezahlt wurde.

Organson brauchte das Geld, um seine Unterstützung der Kliniken und abgelegenen Hospitäler, die von den Behörden Bellamys sträflich vernachlässigt wurden, finanzieren zu können. Wenn die verschiedenen Wirtschaftskonzerne auf Bellamy nicht gerade damit beschäftigt waren, sich im Streben nach mehr Macht und Einfluß gegenseitig zu bekämpfen, würden sie tunlichst darauf achten, daß nicht irgendein einheimischer Gernegroß auftauchte, der ihre Autorität zu untergraben drohte.

Eigentlich erachtete Hook Bellamy als kleineres Übel, wo man sich durchaus aufhalten konnte, es sei denn, man kämpfte für seine eigenen Ideale, dann wäre man verraten und verkauft.

Wazzek tat sehr geheimnisvoll. Er wies Varley an, die Formalitäten im Raumhafen zu erledigen und darauf zu achten, daß der Kutter gewartet würde. Er selbst beabsichtigte, in die Stadt zu gehen, um Kontakt zu seinen Auftraggebern aufzunehmen.

Zu Hook sagte er: »Sie können Organson sobald Sie wollen Bericht erstatten, Berik. Sorgen Sie dafür, daß er startklar ist.«

»Okay!«

Wazzek verließ den Raumhafen mit einem Luftkissen-Taxi, und Hook beobachtete seine Abfahrt. Er hatte eine hübsche, kleine Wanze in Wazzeks Stiefelabsatz untergebracht — *direkt* im Absatz. Dieses winzige Gerät wurde von einer Energiequelle gespeist, die gut ein terrestrisches Jahr vorhielt, und lag in eine Hülse gebettet, die sich selbsttätig durch das Plastikmaterial von Wazzeks Stiefel bohrte.

Dieses kleine und unauffällige Hilfsmittel ermöglichte es Hook, Wazzeks Standort stets ganz genau zu überprüfen. Es sandte allerdings kein regelmäßiges Signal aus, sondern reagierte auf Abruf.

Hooks Blicke wanderten über das Feld, und genau in dem Moment konnte er verfolgen, wie Vanda mit seiner *Fire Daisy* eine sanfte Landung durchführte. Nicht nur als Pilotin, sondern auch universal einsetzbare Hilfe bei allen Raumfahrt-Problemen lernte sie täglich dazu. Der Kutter berührte den Boden leicht wie eine Feder und wurde umgehend am Steig angekoppelt. Hook atmete tief durch.

Die beruhigende Gewißheit, daß sich Vanda mit seiner *Fire Daisy* ganz in der Nähe aufhielt, war für Hook während der Reise durch den Raum und bei seinem Aufenthalt auf Magdorf eine große Hilfe und erstickte jedes möglicherweise entstehende Angstgefühl im Keime.

Er schickte ein kurzes Signal hinüber. »Prima, Vanda, gut gemacht! Ich begebe mich nun in die Stadt. Du kannst unterdessen veranlassen, daß der Kutter seine Inspektion erhält. In Ordnung?«

»Alles bestens in Ordnung, Captain. Aber wann kommst du wieder an Bord. Ich vermisse dich.«

Hook verkniff sich jegliche herablassende Bemerkung.

Sicher, sie war ein Android, dessen ermahnte er sich unablässig. Vielleicht wäre sie eines Tages rothaarig und am nächsten Tage blond, auch die Augenfarbe könnte sie je nach Laune wechseln. Und Launen hatte sie. Es gab keinen Zweifel daran, sie war eine Frau durch und durch. Man hatte ihr Gesicht nicht vollkommen makellos, perfekt bis ins Detail, geschaffen. Solchen Gesichtern fehlte häufig die persönliche Ausstrahlung. Vandas Gesicht war gleichzeitig keck und gütig, frech und gelassen, auch spiegelte es je nach Situation Humor, Leidenschaft und Verständnis wider. Und sie war einzigartig. Ihr Schöpfer hatte die Form zerbrochen, nachdem er sie geschaffen hatte.

»Ich vermisse dich auch, Vanda. Sobald ich Wazzek zu seinem Treffen gefolgt bin, komme ich rüber.«

»Das solltest du besser auch tun!«

Der rebellische Ton ihrer sonst so sanften Stimme war nicht zu überhören.

Während Hook im Luftkissen-Taxi zur Stadt fuhr,

dachte er darüber nach, wie er der halbnackten und bereitwilligen Sharon die kalte Schulter gezeigt hatte. Ebenso ging es ihm durch den Kopf, wie Mia vanHusink an ihrem Overall zupfte und zerrte, angeblich, um ihre Pfeilpistole zu überprüfen, und wie sie dann Angst vor der eigenen Courage bekam. Nun hatte sie inzwischen ein gräßlicher Tod im Innern der Erde ereilt.

Wäre es der armen Mia vergönnt gewesen, noch einmal Zärtlichkeiten zu erleben? Nun, was hätte es Ryder Hook ausgemacht? Er konnte nicht auf ewig voller Kummer und Leid durchs Leben gehen, sich dem Gefühl hingeben, die Trauer zerreiße ihm das Herz. Er würde es sicher nicht auf ewig ertragen!

Hook erwartete, daß Wazzek ihn in ein erstklassiges Hotel führte, wo er und der Projektmann sich in einem prachtvollen eingerichteten Raum darüber unterhalten würden, was bislang erreicht worden war und noch zu tun verbliebe.

Bei diesem Stande der Verhandlungen sollte man erwarten, daß ein Projektmann — oder eine Projektfrau — eingeschaltet würde. Die Novaleute pflegten ihre nichtsahnenden Werkzeuge nur bis zu einem gewissen Punkt einzusetzen, um dann später selbst zu übernehmen. Hook lechzte immer noch danach, zu erfahren, warum sein Name als Bezeichnung eines Projektes gewählt worden war. Er glaubte kaum, daß es mit Wazzeks Plänen auf Magdorf zu tun hatte.

Die Spur führte ihn zu einem Park, in dem ein kleiner Zoo den Leuten den Eindruck vermitteln sollte, ihre Stadt sei eine künstlerische und unterhaltsame Metropole. Kinder amüsierten sich im Sonnenschein, während sich ihre Eltern schwitzend und müde hinterher schleppten. Eine solche Szene konnte man auf so vielen

Planeten der Galaxis, die von den verschiedensten Rassen, Menschen genannt, bewohnt wurden, erleben.

Die Wahl eines Treffpunktes im Park anstelle eines Hotelzimmers überraschte Hook nicht.

Er schlenderte lässig durch die Anlage, stieß Kieselsteine vor sich her und betrachtete die farbenprächtige und unterschiedliche Kleidung der anderen Besucher. Das Stimmengewirr der Kinder und der Erwachsenen unterschied sich nur unwesentlich von der Geräuschkulisse in den Käfigen der schwatzhaften Partrinchuas. Er belächelte die Antiquitäten hinter den Gittern, war sich aber gleichzeitig sehr wohl bewußt, daß sich auch außerhalb welche aufhielten.

Schließlich entdeckte Hook Wazzek, der einem riesigen, gorillaähnlichen Waldbewohner Synthi-Brotstücke, die man im Zoo kaufen konnte, zuwarf. Neben Wazzek stand ein gutaussehender junger Mann. Er trug ein silbernes Jackett, eine Hose mit schwarzgoldener Schärpe sowie einen modischen, breitrandigen Hut. Der junge Mann warf keine Brotstückchen.

Hook stellte erst sehr spät fest, daß es sich bei diesem schmucken Jüngling um einen Projektmann handelte, was ihn ungeheuer überraschte.

Wenn normalerweise ein Projektmann in Hooks Reichweite auftauchte, dann spürte er es unmittelbar und wurde selbst zu einem solchen. Seine Kraft entstammte dem Novamann oder der Novafrau in seinem Umfeld und sprang im Rahmen einer gewissen Wechselwirkung direkt auf ihn über.

Dieser Idiot mußte als Projektmann über eine so geringe Macht verfügen, als sei er gerade erst einer geworden.

Hook fühlte die ihm schon vertrauten Impulse durch

seinen Körper fließen. Ein Novamann war imstande, wahre Bravourleistungen in bezug auf Ausdauer, Kraft und geistige Fähigkeiten zu vollbringen. Sie übertrafen die Möglichkeiten eines normalen Sterblichen, und wenn dieser sich auch noch so sehr anstrengte, um ein Vielfaches. O ja, Ryder Hook sehnte sich förmlich danach, in den Zustand eines Projektmannes versetzt zu werden.

Jedoch dieser silbrig gekleidete Clown mußte wahrhaftig nur über einen sehr, sehr geringen Einfluß verfügen. Dennoch sprang endlich doch der benötigte Funke auf Hook über, und er wurde selbst zum Projektmann.

Aufgrund der scheinbar niedrigen Position dieses Novamannes entstanden für Hook unerwartete Schwierigkeiten. Normalerweise spürte er die Gegenwart eines Projektmannes schon aus großer Entfernung.

So mußte er sich jetzt hinter einem grellbunten Eis- und Süßigkeitenwagen verbergen und konnte nur hoffen, daß man ihn nicht entdeckt hatte.

Im Zustand eines Projektmannes verschärfte sich auch Hooks ohnehin schon bemerkenswertes Gehör. Er lauschte.

». . . Fluten sind kein Problem.«

»Und Sie sind sicher, daß man Organson vertrauen kann? Ich habe diesen Sektor gerade erst übernommen und will keinen Ärger!«

»Er braucht Bargeld, fendi. Dieser Typ Berik könnte lästig werden, aber den muß ich ohnehin vielleicht aus dem Wege räumen.«

»Das ist Ihre Entscheidung, Wazzek. Im nächsten Monat örtlicher Zeitrechnung will ich damit anfangen, Männer und Gerätschaften nach Magdorf zu transportieren.«

»Kein Problem, fendi. Meine Kontakte sind alle startklar geknüpft.«

»Ausgezeichnet. Dann kann ich dem Novir berichten, daß wir uns im Zeitplan befinden.«

»Es bleibt noch die Frage der Bezahlung zu klären.« Dieses Mal schenkte sich Wazzek die respektvolle Anrede ›fendi‹. Jetzt sprach er über Geld und wurde sofort heftiger.

»Ich habe die Wechsel. Kommen Sie heute abend in mein Hotel, und ich zahle Ihnen verabredungsgemäß die erste Rate aus.«

»In Ordnung, fendi. Das höre ich gerne.«

Mit diesen Worten verließen die beiden Männer das Geländer, an dem sie während ihrer Unterhaltung gelehnt hatten, und entfernten sich in entgegengesetzten Richtungen. Hook beschloß, dem schwachen Projektmann zu folgen.

Wenn eine Situation wie diese, in der sich Hook augenblicklich befand, ihren normalen Verlauf nehmen würde, wüßte Hook, was er zu tun hätte.

Jedes Mal, wenn er auf einen Projektmann traf, würde nur einer von ihnen fortgehen.

In diesem Augenblick jedoch hatte Hook das Gefühl, wenigstens bis zum Abend warten zu müssen, um ein wenig mehr herausfinden zu können.

Wenn darüber hinaus noch Metallgeld auf dem Spiele stand, Bargeld, das ein Projektmann auszahlte, dann würde er sich bedienen, und zwar verdammt schnell.

Sollte ihn der gewählte Treffpunkt auch nur annähernd überrascht haben, so wurde Hook beim Anblick der beiden scheinbar unauffälligen Spaziergänger, die dem Novamann folgten, einiges klar.

Hook hatte sie sofort durchschaut. Es handelte sich

um Polizisten in Zivil, Vollstreckungsbeamte, die Spitzeldienste leisteten. Diese beiden folgten dem Projektmann.

Hook war überrascht.

Wie hatten sich die Novaleute verändert!

Seiner Erfahrung nach hätte sich ein richtiger Projektmann in dieser Situation nun in Höchstgeschwindigkeit versetzt, mit den beiden Spitzeln in Windeseile abgerechnet, und wäre dann in aller Seelenruhe seinen Geschäften nachgegangen, als sei nichts geschehen.

Mit Sicherheit hätte er sich nicht tatenlos überwachen lassen. Das wäre auf keinen Fall denkbar gewesen!

Seit seiner eigenen Umwandlung von einem normalen menschlichen Wesen in das, was man im wesentlichen wohl als halben Projektmann bezeichnen mußte, war Hook nicht mehr ganz auf dem laufenden, welche Fortschritte man inzwischen in bezug auf die Transformation menschlicher Wesen gemacht hatte. Sein eigener, partiell aus Metallkristallen bestehender Organismus mochte nun durchaus altmodisch sein, aber vielleicht war der Fortschritt auch in einer Sackgasse gelandet. Die letzten beiden Novaleute, die ihm über den Weg liefen, verfügten ebenfalls nur über geringe Macht. Man konnte sie zwar nicht mit diesem Schwächling vergleichen, aber sie alle wirkten absolut lächerlich neben dem Eindruck, den eine Iola Gervase hinterlassen hatte.

Hook heftete sich den beiden unauffällig gekleideten Herren an die Fersen und verfolgte mit ihnen den Projektmann.

Vielleicht fiel denen im Hauptquartier, dort, wo man die Projektleute letztlich machte, überhaupt nichts mehr ein. Vielleicht hatten sie wichtige Mitarbeiter verloren.

Vielleicht . . . vielleicht, was auch immer!

Hook wußte nur das eine: wenn er die Novaleute nicht nach besten Kräften bekämpfte, hätte er in diesem Mahlstrom glitzernder Sterne seine Daseinsberechtigung verloren.

Das Gervase-Projekt, einst nur eine Erfindung der Novaleute, war scheinbar zu einem Teil von ihnen geworden, das es zu entdecken galt, um es bei ihrer endgültigen Vernichtung und ewigen Verdammnis gegen sie verwenden zu können.

Was das Ryder-Hook-Projekt anbetraf, so kam es ihm eher lächerlich vor. Er konnte es einfach nicht ernst nehmen. Gleichmütig trottete Hook hinter den Polizisten her.

Obwohl Hook diesen Novamann eher schwächlich einschätzte, mußte er dem Burschen doch eine gewisse Besonnenheit anrechnen. Er hatte es offensichtlich bewußt vermieden, sich im Gewimmel des Zoos vor allen Leuten in Höchstgeschwindigkeit zu versetzen. Jetzt jedoch ging er den beiden Polizisten voraus um eine Plastikwand herum und verschwand aus ihrem Blickfeld.

Trotz seiner Grübeleien über den Status dieses Projektmannes verlor Hook keine Sekunde Zeit, sondern beschleunigte ebenfalls auf Höchstgeschwindigkeit und schoß an den beiden Zivilisten vorbei um die Ecke herum. Gefangen in der Normalzeit, verharrten alle wie erstarrt. Dort drüben hing ein kleiner Affe zwischen zwei Stangen frei schwebend in der Luft. Ein Kind, vom Vater voller Übermut hochgeworfen, verweilte reglos am selben Fleck. Das Wasser der Springbrunnen wirkte wie Eis.

Hook wurde nicht enttäuscht.

Der Projektmann kam in Höchstgeschwindigkeit wieder zum Vorschein.

Hook verharrte reglos und beobachtete interessiert die Vorgänge.

Der Projektmann nahm auf niemanden Rücksicht, — schließlich befand er sich ja in Höchstgeschwindigkeit, nicht wahr? —, raste an Hook vorbei um die Ecke und schlug den Polizisten schlicht und ergreifend den Knauf seiner Pistole über ihre Schädel.

Danach verblieb er in Höchstgeschwindigkeit und sauste den Weg zurück, den er nach dem Treffen mit Wazzek eingeschlagen hatte.

Es bedurfte keines besonderen Scharfsinns, um erraten zu können, war er jetzt tun würde und warum.

Wenn ihm zwei Polizisten in Zivil an den Fersen hafteten, dann lag es verdammt nahe, daß zwei weitere Wazzek folgten. Jetzt, nachdem er frei und unauffällig handeln konnte, bereitete es dem Novamann keinerlei Schwierigkeiten, beide Überwachungsteams auszuschalten.

Hook folgte ihm, indem er sich äußerst behutsam zwischen den wie angewurzelt verharrenden Menschen hindurch schlängelte.

Die Geschwindigkeit seiner Fortbewegung war nicht außergewöhnlich hoch. So bestand nur geringe Gefahr, daß seine Kleider Feuer fingen. Während Hook seinen Weg fortsetzte, fragte er sich, ob vielleicht die höchste Obrigkeit der Novaleute, die Ratsversammlung, die die Geschicke seit des jüngsten Debakels lenkte, Agenten mit niedrigem Status aus ganz bestimmten Gründen einsetzte.

Ein Novir war ein Projektmann von hohem Rang. Diejenigen, die Hook bisher getroffen hatte, verfügten über wahrhaft eindrucksvolle Fähigkeiten. Vielleicht wachten sie auch nur eifersüchtig über ihre Positionen und waren nicht gewillt, sich neue und gefährliche Rivalen aus den jüngeren Reihen zu schaffen.

Die Ratsversammlung, die über diese Dinge entschied, hielt die Befehlsgewalt fest in Händen, denn für Projektmänner und Projektfrauen mußten normale Menschen umstrukturiert werden. Projektleute kamen nicht in diesem Zustand zur Welt. Ja, diese Hundesöhne, die die Novaleute für ihre eigenen finsteren Zwecke benutzten, hatten alles straff durchorganisiert und ließen sich das Heft nicht aus der Hand nehmen.

Ausgenommen Iola Gervase war jede Novaperson, der Hook bislang begegnet war, durch die übermenschlichen Kräfte, welche sie dem Umstrukturierungsprozeß verdankte, korrupt und bösartig geworden.

Und Iola Gervase lebte nicht mehr.

Projektleute hatten sie umgebracht.

Kein Wunder, daß Hook nicht die Absicht hatte, auch nur einen dieser Novaspezies am Leben und in einer der Welten der Galaxis herumspazieren zu lassen.

Kein vorsichtiger Zeitgenosse würde je einen Projektmann herausfordern. Problematisch allerdings war, daß normale Sterbliche überhaupt nicht wußten, wann sie es mit ihnen zu tun hatten. Hook schon. Die Novaleute mußte man mit wilden und tückischen Tieren vergleichen. Am besten mit Schlangen. die voller giftiger Bösartigkeit zuschlugen, verbissen kämpften und attakkierten, bis ihnen jeglicher Lebenshauch abgewürgt worden war.

Schrecklich und widerwärtig — ja. Aber wahr!

Dieses Mitglied jener verdammenswerten Brut verlangsamte wieder zur Normalgeschwindigkeit und schlenderte lässig den Kiesweg entlang. Hook tat es ihm gleich. So verfolgte also Hook den Novamann, der die beiden Polizisten verfolgte, die Wazzek verfolgten.

Als hübsche kleine Prozession zogen sie an manchen Sehenswürdigkeiten des Zoos vorbei.

Hook wußte, er war gefangenen im vorprogrammierten Ablauf dieser Ereignisse. Vor seinem geistigen Auge mischten sich dunkle Schatten dessen, was Iola Gervase widerfuhr, mit den Bildern Mias, die schreiend ins Innere der Erde gezerrt wurde. Auch erinnerte sich Hook an das Sterben anderer Leute, Bewohner von Welten unter der Knechtschaft der Novaleute.

Für den heutigen Tag, sowie den Abend, war nur eine logische Weiterentwicklung der Dinge geplant.

Dieser Novamann würde auch die beiden anderen Spitzel außer Gefecht setzen, sich dann später mit Wazzek, wie verabredet, treffen. Geld würde seinen Besitzer wechseln.

Bei dieser Transaktion hätte Hook gern seine Hand im Spiel.

Ja, alles war sauber und ordentlich geplant. Somit konnte auch Hook problemlos seine Vorbereitungen treffen und sich am Abend nach Wunsch einschalten.

Die Sonne schien auf die Besucherschar, auf Luftballons und Papierschlangen, auf Gitter, Käfige und deren Insassen.

Duftzerstäuber waren überall angebracht, um dem strengen Geruch der fremdartigen, wilden Tiere entgegenzuwirken.

Wazzek ging unbeirrt weiter. Unterwegs warf er einen Blick in eines der Plastikbecken, wo das Auftauchen gezackter Flossen und furchterregender Zahnreihen vermuten ließ, welche Schrecken darin lauerten.

Kinder staunten mit großen Kulleraugen, stopften gierig Eis und Süßigkeiten in sich hinein.

Die Beamten in Zivil verhielten sich geradezu peinlich auffällig.

Hook brauchte jetzt nichts weiter zu tun, als bis zum Abend zu warten, sich ins Hotel zu begeben und dort mit dem Projektmann und Wazzek kurzen Prozeß zu machen.

Mehr nicht!

Doch das schmerzliche Bild Iolas, die Erinnerung an ihren toten, von den Projektleuten gepeinigten Körper, ließ Hook förmlich rot sehen.

Ryder Hook war kein Supermann. Wenn er sich im Zustand eines Projektmannes befand, konnte man ihn nur — wie jeden anderen Novamann — als übermenschlich bezeichnen. Aber dennoch blieb er im Grunde genommen ein menschliches Wesen mit fehlbaren Gefühlsregungen, dessen gute Vorsätze immer wieder von seiner anfälligen Willenskraft ad absurdum geführt wurden.

Der Projektmann versetzte sich in Höchstgeschwindigkeit und strebte auf die beiden Polizisten zu.

Hook hätte bis zum Abend warten sollen . . .

Er sprang vor. Alles war in einen scharlachroten, brausenden Nebel gehüllt. Er legte seine Hände um den Hals des Novamannes, verschlang die Finger miteinander, preßte sie zusammen und schleuderte sein Opfer mit derartig blinder Wut herum, daß ihm der dumpfe Knacks gar nicht richtig ins Bewußtsein drang.

11. Kapitel

Das sterbende Gehirn des Projektmannes sandte immer noch Impulse aus, als Hook seinen Körper hochhob und in das Plastikbecken warf. Nachdem die Höchstgeschwindigkeit aufgehoben war, würden sich die schwimmenden Ungeheuer mit ihren mörderischen Zahnreihen um den Rest kümmern.

Hook nützte die weichende Kraft übermenschlicher Energie, um sich eilig vom Ort des Geschehens zu entfernen, und hatte gerade den Schutz einer zum Walroßbecken gehörigen Plastikwand erreicht, als alles in die Normalzeit zurückfiel. Die Empfindungen, die er hatte, als ihm die übernatürlichen Kräfte entzogen wurden, mußten dem Gefühl der Todesnähe verwandt sein.

Hook klammerte sich an der Plastikwand fest, holte tief Luft, als sei er nach einem langen Tauchvorgang gerade wieder an der Wasseroberfläche erschienen.

Die Geräusche, Gerüche, und das geschäftige Treiben des Zoos drangen ihm wieder ins Bewußtsein. Im Augenblick hatte es noch niemand bemerkt, daß ein armer, unglücklicher Tropf in das Becken mit den gefräßigen Meeresungeheuern gefallen war.

»Du dummer Hund!« schalt Hook sich selbst und war ernsthaft wütend. »Das hättest du nicht tun sollen!«

Dieses Stück aufpolierter Halbmensch in dem Raubfischbecken hätte ihm als einziger weiterhelfen können. Diese Chance war vertan, fortgeworfen.

Da stand er nun, rang nach Atem und fühlte sich wieder einmal wie ein normaler Sterblicher.

Er müßte eine wahre Schimpfkanonade auf sich selber loslassen.

Das Ausmaß seines Fehlers wurde ihm immer deutlicher. Während er sich streckte, seine Kleider glattstrich und dem Ausgang zustrebte, schien die Intensität des Fehlers noch zu wachsen.

Der erwartete Aufschrei stellte sich ein. Zweifellos würde sich im Raubfischbassin allmählich das Wasser verfärben.

Hook ging unbeirrt weiter.

Was für ein Dummkopf! Wie sollte er jetzt an die Pläne der Projektleute herankommen?

Sicher würden sie einen neuen Agenten beauftragen, aber das kostete Zeit. Hook bezweifelte, daß Wazzek über genug Informationen oder auch Geld verfügte, um Organson mit dem Bau des Chemiewerkes auf Magdorf beginnen lassen zu können.

Der Thema Geld erinnerte Hook auf unangenehme Weise daran, daß er die Chance vertan hatte, sich zusätzliches Metallgeld anzueignen. Es befand sich ein stattlicher Vorrat an Bord der *Fire Daisy*, denn die Leute auf Raifal waren äußerst großzügig gewesen, aber man konnte eigentlich gar nicht genug davon haben, wenn man ohne Kreditkarte im Mahlstrom der Sterne unterwegs war.

Nun, beschloß er reichlich verdrossen, jetzt blieb ihm nur noch eines übrig, aber die Aussicht auf Erfolg war so unwahrscheinlich, daß sich kaum der Versuch lohnte. Trotzdem, solange sich noch ein Lebenshauch in seinem Körper befand, würde er weitermachen. *Daran* gab es wirklich keinen Zweifel.

Er rief in Mundo Organsons Büro an und erfuhr, daß dieser den Rest des Tages unterwegs sei.

Die Mädchen schienen auch alle ihren Beschäftigungen nachzugehen, so hatte er niemanden, der ihm half, die Zeit bis zum Abend zu vertreiben. Nach einer Mahlzeit, die für ihn nach Sägemehl und alten Socken schmeckte, machte er sich mißgelaunt auf den Weg zum Hotel.

Wazzek stieg gerade aus einem Luftkissen-Taxi, als sich Hook aus dem Schatten löste und am Hoteleingang vor ihn trat.

Wazzek runzelte die Stirn.

»Ich bin nicht sicher, ob ich Sie mit hinauf nehmen kann, Berik. Skolarn ist ziemlich eigensinnig . . .«

So also hieß der tote Projektmann. Skolarn.

»Fragen kostet ja nichts«, entgegnete Hook betont leichtfertig.

»Ganz richtig!«

Schweißperlen glitzerten in Wazzeks wulstigem Nacken. Sie gingen durch die Drehtür zur Rezeption hinüber, wo sich sofort ein Roboter um sie kümmerte.

»Taynor Skolarn ist noch nicht zurückgekehrt, Taynor«, verkündete der Empfangsroboter mit seiner metallenen Stimme.

»Das ist äußerst seltsam.« Wazzek wischte sich durch das Gesicht. »Wir hatten uns für heute abend hier verabredet.«

»Ich bitte um Vergebung, Taynor . . .«

»Versuche es in seinem Zimmer«, befahl Hook. »Vielleicht ist er doch schon wieder da!«

Das beleidigte Aufblitzen in den Augenlinsen des Roboters stand der hochmütigen Haltung eines menschlichen Empfangschefs um nichts nach.

»Das kann unmöglich der Fall sein, Taynor!«

»Wie lautet seine Zimmernummer?«

»Sieben fünfzehn.«

»Vielleicht könnten wir hinaufgehen und dort warten.«

»Ich werde beim Manager nachfragen, Taynors. Wenn Sie bitte einen Augenblick warten wollen.«

Auf Höflichkeit und Förmlichkeit hatte man diese Blechmänner in der Tat hervorragend programmiert.

Nach kurzer Zeit kehrte der Empfangsroboter zurück und meinte bedauernd: »Es tut mir sehr leid, Taynors, aber das ist leider nicht möglich.«

»Ich weiß nicht so recht«, murmelte Wazzek deutlich irritiert.

Hook verspürte keine Lust, dieses Theater noch länger mitzuspielen. »Dann verschwinde ich jetzt und kauf' mir 'nen Drink. Vielleicht spielt ja noch jemand 'ne Runde ›Starlight Run‹ mit mir. Bis später, Wazzek.«

»Ja, ja, in Ordnung. Das ist wirklich äußerst seltsam!«

Hook stand beim Dienstbotenausgang an der Hinterseite des Hotels und starrte die zahlreichen Stockwerke hinauf. Da er sich augenblicklich nicht im Zustand eines Projektmannes befand, mußte er seine eigenen normalen menschlichen Muskeln und entsprechendes Geschick anwenden, um die Wand zu erklimmen.

Es gab genug Vorsprünge und Nischen, die ihm ausreichend Halt bieten würden. Hook konnte gut klettern. Er spuckte sich in die Hände, rieb sie trocken und machte sich ans Werk.

Nicht zum ersten Mal ermahnte er sich erbost, daß er sich schon längst hätte einen Antigrav-Pack guter Qualität anschaffen sollen. So einen kleinen Rucksack, den man einfach umschnallte und der einen dann per Antigravitation dort hinauftrug, wohin man wollte.

Es war eine sternenklare Nacht. Die Wolken zogen am mondlosen Himmel dahin, während ein laues Lüftchen wehte.

Hook krallte seine Finger an einem Vorsprung fest

und zog sich hoch. Die berühmten alten schwarzen Stiefel Ryder Hooks fanden ersten Halt an einem Sims, und so arbeitete er sich seinen Weg nach oben.

An zwei Stellen mußte er sein ganzes Geschick aufwenden, um schwierige Hindernisse zu überwinden. Ansonsten kletterte er langsam und sicher zum siebten Stockwerk hoch.

Auf eine schmale Fensterbank geklemmt, rang er dann nach Atem und besah sich die Strecke.

Hook wählte ein Fenster aus, das sich am hinteren Ende eines Korridores befand.

Er konnte von draußen den Teppichboden erkennen sowie einen zerbrechlich wirkenden Stuhl, der an der Wand lehnte, und eine große Vase mit einem hübschen Blumenstrauß. Auch sah Hook, daß der Korridor am entgegengesetzten Ende eine Biegung machte.

Die Deckenbeleuchtung strahlte ein weiches, angenehmes Licht aus. Das Hotel entsprach hohen Ansprüchen, und daher verfügte man sicher auch über eine aufwendige Alarmanlage. Hook griff zu einem seiner schwarzen Stiefel hinunter und holte von den kleinen Werkzeugen diejenigen heraus, von denen er meinte, daß sie ihm weiterhelfen könnten. Es war immer wieder eine reizvolle Herausforderung für Verstand und Geschicklichkeit, etwas zu öffnen, das jemand anders mit der Absicht, es geschlossen zu halten, zugemacht hatte. Es handelte sich zwar nicht gerade um ein Spiel, aber der gewisse Reiz ließ sich dennoch nicht verleugnen.

Im Andenken an den Konstrukteur der Alarmanlage nahm Hook jetzt die Zeit und fand somit heraus, daß er fünfzig Sekunden benötigte, um den Code zu knacken. Es dauerte dann eine weitere halbe Minute, bis er das

Fenster geöffnet hatte und im Korridor auf dem Teppichboden stand.

Vorsichtig schloß er das Fenster und wanderte auf der Suche nach Zimmer sieben fünfzehn den Gang entlang.

Als er es gefunden hatte, befahl ihm sein gesunder Menschenverstand, erst einmal zu lauschen, ob drinnen Stimmen zu hören waren. In Skolarns Zimmer war es vollkommen ruhig, daher machte sich Hook mit seinem Spezialwerkzeug am Schloß zu schaffen und schlüpfte wenig später in den dunklen Raum.

Er schaltete die Lampen an.

Er stand in einem ganz normalen Hotelzimmer. Es war zwar komfortabel und verfügte auch über einige interessante und luxuriöse Accessoires, was wiederum den Preis entsprechend anhob, andererseits aber der Philosophie der Projektleute entgegenkam. Skolarn hätte sich eine Penthouse-Suite leisten können, dennoch ließ ihn die für Novamänner übliche Abneigung gegen eine Zurschaustellung von Macht und Einfluß dieses Zimmer bevorzugen.

Die zur angrenzenden Suite führende Tür war geschlossen. Hook schlich herum, suchte in erster Linie nach Geld. Trotz seiner Kreditkarte mußte Skolarn ganz einfach Metallgeld bei sich haben. Sollten Wanzen von Skolarn zurückgelassen worden sein, dann hätten die hochentwickelten Schaltkreise in Hooks Gehirn diese sofort aufgespürt. Dennoch machte Hook keinerlei Unordnung und ließ alles an seinem Platz.

Auf seine rauhe, kernige Abenteurer-Art redete sich Hook immer wieder ein, daß er nach Bargeld suchte. In Wirklichkeit jedoch sehnte er sich mit aller Macht danach, endlich einen Hinweis auf das mysteriöse Gervase-Projekt zu finden.

Die Chancen dafür waren ganz offensichtlich gleich Null, darum tröstete er sich schon prophylaktisch mit dem Vorwand, in Wirklichkeit ja nur Metallgeld zu suchen. Sollte ihn das Ergebnis der Durchsuchung dennoch enttäuschen, konnte er schließlich auf etwas zurückgreifen.

Welch reicher Geldsegen!

Skolarns Aktenmappe hielt nicht, was sie Hook versprach.

In einer Schublade, unter einem Berg Socken versteckt, fand Hook einiges an Metallgeld. Er ließ es in seiner Tasche verschwinden. Dann sah er sich weiter um, hätte seine Enttäuschung inzwischen am liebsten laut herausgeschrien.

Plötzlich öffnete sich die Tür zur angrenzenden Suite, und ein Mädchen im federleichten Negligé marschierte gestikulierend herein.

»Bist du endlich zurück, Skoli, mein Schatz. Warum hast du nicht . . . Oh!«

»Uff«, entfuhr es Hook auf höchst intelligente Art. »Ahem, hallo, ich bin ein . . .«

»Oh! Sie müssen Taynor Wazzek sein! Allerdings hat Skoli Sie mir anders beschrieben!« Sie kam auf Hook zu. Die Zehen ihrer nackten Füße blitzten scharlachrot unter dem Saum ihres blauen Negligés hervor. »Ich freue mich, Sie kennenzulernen. Ich bin Halita.«

»Tayniss Halita«, murmelte Hook höflich.

»Ich habe keine Ahnung, wo Skoli sein könnte. Darum mußte ich den ganzen Champagner alleine trinken. Man darf ja schließlich nichts umkommen lassen, oder?«

»Kennen Sie Skolarn schon lange, Halita?«

Ihr eher rundliches Gesicht rahmte volle Lippen und

sehr hübsche, ausdrucksvolle Augen ein. Hook konnte auf den ersten Blick erkennen, daß er hier einen echten Wildfang vor sich hatte.

»Oh, wir haben uns auf Calambases Vier kennengelernt und seitdem einige Sterne besucht. Mein Gott, führten wir ein Leben!«

»Dann kennen Sie sich natürlich mit Skolis Arbeit aus?«

»Ach nein, er spricht niemals darüber.« Sie wanderte zu einem der bequemen Sessel hinüber und ließ sich auf elegante Weise darauf nieder, wobei es ihr sogar gelang, wenigstens ein Bein mit dem Negligé zu bedecken. »Er ist ein sehr hohes Tier bei IRK.«

»Interessant«, meinte Hook.

IRK — Interstellares Raketen-Konsortium — der alte, ursprüngliche Wirtschaftskonzern der Erde, der Hook damals in das Novamann-Projekt hineinzwang. Nachdem er hinausgeworfen worden war, hatte man als spätere Erfolge die Projektleute hervorgebrachte, die natürlich das ganze IRK als ersten Schritt ihrer besessenen Unterjochungscampagne übernahmen. Obwohl sie es schon damals mit ihm verdorben hatten, besiegelte doch der Tod Iola Gervases Hooks Einstellung zu ihnen für immer.

»Nun«, rief Halita fröhlich aus, »wenn wir hier zu dieser Stunde noch herumsitzen, sollten wir uns was Schönes zu trinken bestellen!«

Allerdings machte sie keinerlei Anstalten, das kleine Telefon auf dem niedrigen Tischchen neben sich zur Hand zu nehmen.

Obwohl Hook nie vorgab, ein echter Gentleman der Galaxis zu sein, verstand er es doch, die Hinweise der Frauen, wenn sie ein bißchen Aufmerksamkeit und

Zuwendung benötigten, richtig zu deuten. Ebenso kannte er sich mit den Schattenseiten des weiblichen Geschlechtes aus, wußte ebenso um ihre Fähigkeiten in bezug auf Gewalt und Rache, wie auch Mut und Heldenhaftigkeit, die sie, wenn es die Stunde der Not erforderte, über sich selbst hinauswachsen ließen.

Diese hochtrabende Dialektik sollte nur erklären, daß sich Hook dieser pausbackigen Lady gegenüber ohne weiteres ein freundliches Lächeln erlauben konnte, während er an ihr vorbei zum Tisch ging, um das Haustelefon zu benutzen.

Bevor noch der Zimmerservice geantwortet hatte, öffnete sich die Tür, und Halita blickte an Hook vorbei dem Neuankömmling entgegen.

»Oh, hallo, Tsu! Du kommst gerade rechtzeitig, um an unserer Party teilzunehmen!«

Mit dem Hörer in der Hand machte Hook auf dem Absatz kehrt.

Der Mann, der gerade hereingekommen war, blieb in der Türfüllung stehen und ließ seinen Schlüssel mitsamt Kette an den Fingern baumeln. Er trug Kleidung aus Metallgewebe, allerdings weder Helm noch Hut. Seine Gesichtszüge waren hart und streng, wie man es häufig bei gewalttätigen Männern sah. Hook erkannte ihn nicht als Einzelperson, sondern nur die Kategorie, der er angehörte.

»Halita«, stieß der Bursche hervor und starrte Hook an.

»Wo is Skolarn, und wer is das?«

»Oh, Skoli, dieser schreckliche Kerl, treibt sich irgendwo herum, und das ist Taynor Wazzek.«

»Wazzek?« Tsu ließ den Schlüssel zu Boden fallen. »Nee. Das is nicht Wazzek, Halita.« Sein rechter Arm begann, sich in eine horizontale Stellung zu heben. »Das is . . .«

»Tsu . . . was . . .?«

»Ryder Hook!«

Aus der schwarzen Mündung der Delling, die an Tsus rechtem Handgelenk befestigt war, schoß ein glitzernder Klecks genau in Ryder Hooks Richtung.

12. Kapitel

Hook hechtete der Länge nach auf den Boden und damit unter dem glitzernden bösartigen Klecks, dem Sendboten eines grauenvollen Todes, hindurch.

Er verharrte nicht dort.

In Windeseile sprang Hook wieder auf die Füße, warf sich dem Killer entgegen, schob im selben Augenblick dessen rechten Arm aus dem Weg und preßte ihm seinen Fingerknöchel hinters Ohr. Er wartete gar nicht mehr ab, bis Tsu in sich zusammensackte. Halitas entsetzliche Schreie hielten unverändert an.

Hook wußte, daß es nichts gab, was er für Halita hätte tun können.

Der Klecks Disgel aus Tsus Delling hatte das Mädchen auf ihre wohlgerundete Hüfte getroffen, die das Negligé so verführerisch freiließ.

In diesen wenigen, lebenswichtigen Sekunden, als Hook davongehechtet war, hatte er gehofft, daß der Schuß sich nicht zu Halita verirrte. Vergebens, er bekam noch mit, wie sie versuchte, dem drohenden Unheil zu entkommen, und es ihr mißlang.

Ihre verzweifelten Schreie gingen Hook durch und durch. Ihr aufgedunsenes, verzerrtes Gesicht legte deutlich Zeugnis über die bestialische Grausamkeit mancher Wesen zwischen den Sternen ab.

Soweit Hook wußte, konnte er überhaupt nichts für sie tun. Das Disgel würde sich unaufhaltsam über Halitas ganzen Körper verteilen, dabei alles, Fleisch und Knochen, Blut und Sehnen, gleichermaßen zerfressen. Sie würde vom Sessel rutschen und auf dem Teppich schmelzen. Selbst wenn Hook eine Energiewaffe mit breiter Mündung besessen hätte, zweifelte er daran, daß es ihm gelungen wäre, ihr Bein abzuschießen, bevor sich das Gelmix auf Becken und Unterleib verteilte.

Man berichtete von Fällen, in denen sich Leute ihre eigenen Arme und Beine abgeschossen haben, nachdem sie an diesen Körperteilen von Disgel getroffen worden waren. Durch diese drastischen Amputationsmaßnahmen konnten sie ihr Leben retten. In diesem Falle bestand da überhaupt keine Chance.

Halita zerfloß auf dem Teppich und hörte erst auf zu schreien, als auch ihre Lungen schmolzen. Zurück blieb nur eine Pfütze am Boden, die dann zu Pulver eintrocknen und allmählich ganz verschwinden würde. Das Négligé löste sich ebenfalls auf. Es mußte reine Seide gewesen sein und ein Vermögen gekostet haben.

Tsu stöhnte.

Hook besah sich den Burschen. Schon in dem Moment, als er ihn erspähte, wußte er, welcher Kategorie dieser Typ zuzuordnen war. Und jetzt hatte Hook überhaupt keinen Zweifel mehr daran, daß es sich bei ihm um einen Doorn handelte.

Zum einen wußte er Hooks Namen und hatte ihn erkannt. Da aber dieser Mann Hook niemals vor Augen gekommen war, mußte Tsu entsprechend in Kenntnis gesetzt worden sein. Der Name lieferte ebenfalls einen dezenten Hinweis. Alles paßte wie ein Puzzlespiel zusammen und deutete darauf hin, daß dieser Syphilitiker ein Doorn war, den Win Fareng auf die Verfolgung Ryder Hooks angesetzt hatte.

Hook machte sich daran, seinem Ruf als Verpackungskünstler gerecht zu werden. Dabei versuchte er, das schreckliche Bild der dahinschmelzenden Halita aus seinem Gedächtnis zu verbannen. Es war schwierig, sogar ungeheuer schwierig, aber er benötigte seine Phantasie für andere, wirklich dringende Zwecke.

Nachdem er geendet hatte, waren Tsus linker Arm und sein linkes Bein auf relativ normale Weise miteinander verbunden. Hook hatte dazu Gardinenschnüre, Draht, halt alles, was er so finden konnte, verwendet. Tsus rechter Arm war Seite an Seite mit seinem rechten Fußknöchel verschnürt, wobei der Fuß rechtwinklig dazu wegstand. Die Delling wies genau auf diesen Fuß, dem Hook Stiefel und Socke ausgezogen hatte. Tsu befand sich in keinerlei Gefahr, es sei denn, ihm unterlief eine Kurzschlußhandlung und er benutzte seine Delling. Auf diese Entfernung konnte das Disgel den nackten Fuß einfach nicht verfehlen.

Aber sicher würde Tsu seine Delling jetzt gar nicht abfeuern wollen, oder?

Unbarmherzig schlug ihm Hook mit der Hand ins Gesicht. Tsu riß die Augen auf.

»Du wirst mir jetzt ein bißchen was erzählen!« Hook sprach in ganz normalem Plauderton, vollkommen leidenschaftslos, gleichmütig, und dennoch lag ein erkennbar drohender Unterton in seiner Stimme. »Ich werde Geduld mit dir haben, Tsu. Aber hüte dich, sie allzu sehr zu strapazieren oder gar ganz aufs Spiel zu setzen!«

Tsu versuchte zu sprechen, stotterte, schluckte und starrte dann fassungslos auf seine verschnürten Gliedmaßen. Er riß seine Schlitzaugen förmlich auf.

»Richtig, Tsu, sieh es dir genau an. Solltest du dich quer stellen, beschäftige ich mich nur kurz mit deinem Handgelenk, und — na ja, dann schmilzt du genauso hübsch dahin wie Halita.«

»Was willste wissen?«

»Du kennst meinen Namen!«

»Jawoll! Soll die Augen nach dir aufhalten.«

»Und ich bin sicher, du weißt jetzt auch, warum.« Während Tsu weitersprach, hörte Hook ihm aufmerksam zu. Er war tatsächlich ein Doorn und Win Fareng sein Auftraggeber. Hier auf Bellamy sollte er nicht unbedingt den Leibwächter für Skolarn spielen — so tief waren die Novaleute wohl doch noch nicht gesunken —, sondern Botengänge machen und demonstrativ für Ordnung sorgen, wenn eine der Kontaktpersonen nicht hundertprozentig spurte. Ein Gorilla für alle Fälle.

Während er Hooks Fragen beantwortete, hoffte er zweifellos zum einen, daß er dabei nichts von folgenschwerer Bedeutung verriet, und zum anderen, daß ein Wunder geschähe, um ihn zu retten.

Er hatte sowohl vom Gervase- als auch vom Ryder-Hook-Projekt gehört, wußte aber über beides nicht Bescheid. Hook setzte ihn weiter unter Druck, gelangte aber schließlich doch zu der Überzeugung, daß Tsu wirklich nicht informiert war.

Mit dem EVG-Plan kannte er sich gut aus und berichtete Hook, was die Projektleute auf Magdorf zu tun beabsichtigten. Bei dem ›Entwickelten Vilgene‹ handelte es sich tatsächlich um eine Droge, die das

Altern der Novaleute während der Höchstgeschwindigkeitsphase verlangsamen sollte.

Die Wechsel, dessen Aushändigung Skolarn Wazzek für den Abend versprochen hatte, waren von Hook bei seiner Durchsuchung nicht entdeckt worden.

Es wäre zwecklos, Tsu zu fragen, wo sich das nächstgelegene Hauptquartier der Projektleute befände; er würde es nicht wissen. Hook erkundigte sich statt dessen nach dem Aufenthaltsort Win Farengs, doch Tsu mußte auch hier passen. In bezug auf die Wechsel verriet er Hook jedoch, daß Halita sie in Verwahrung genommen hatte.

Tsu hatte absolut keine Ahnung von möglichen Hintermännern, und obwohl Hook nicht vollkommen sicher sein konnte, daß der Doorn die Wahrheit sagte, war es jedoch andrerseits durchaus denkbar.

Jedesmal, wenn Tsu bei seinen Antworten den Eindruck erweckte, unverschämt werden zu wollen, erinnerte ihn Hook nachdrücklich an seine Situation, machte ihm klar, daß ein Handgriff genügte, um folgenschwere Konsequenzen auszulösen. Tsu schwitzte.

Nach dem letzten unangenehmen Intermezzo brach es förmlich aus ihm heraus: »Hör mal, ich weiß wirklich nichts mehr. Wußte sowieso nicht viel. Nur noch den Namen des allmächtigen Beherrschers in diesem Sektor — er is der Teufel in Person.« Tsu leckte sich die trockenen Lippen. »Wenn ich dir seinen Namen nenne, Hook, läßt du mich dann gehen?«

»Du wirst mir in jedem Fall den Namen sagen, ob ich dich gehen lasse oder nicht. Nun mach schon, du Syphilitiker, spuck ihn aus!«

»Wir sollten eine Abmachung treffen . . .«

Hook streckte seine Finger nach Tsus Handgelenk aus.

»Ein kurzer Schlag, Tsu, ein kleines Spielchen mit den Nervenenden, und es ist Schmelzzeit für dich!«

Aus seiner zusammengekauerten Stellung starrte Tsu angstvoll zu ihm auf. Sein Gesicht war fast so verzerrt wie das von Halita in den letzten schrecklichen Augenblicken.

»In Ordnung! In Ordnung! Ich werd's dir erzählen! Sein Name is Hemt Dulluch. Er is ein Novir!«

Hook ließ den Namen über seine Zunge rollen, als habe er versehentlich einen Schluck Jauche zu sich genommen.

»Der Novir Hemt Dulluch. Und du weißt, wo er sich aufhält, nicht wahr, Tsu?«

»Nein, nein! Ich schwör's. Er hat große Macht, eine unglaubliche Macht in wissenschaftlichen Dingen . . .«

»Sieh an!«

»Dann binde mich jetzt los. Ich kriege einen Krampf und . . .«

»Dann beweg dich eben nicht. Ich werde darüber nachdenken.«

Unter den verschiedenen bemerkenswerten Fähigkeiten, die den Projektleuten im Rahmen ihrer IRK-Umstrukturierung zuteil wurden, hatte man auch die okkulte Kunst der Hypnose nicht vernachlässigt. Hooks Teilnahme am Novamann-Projekt sollte angeblich dazu dienen, ihn in die Lage zu versetzen, sich geistig und körperlich ungewöhnlichen Gravitationsbereichen anzupassen. Im Zusammenhang mit Hypnose hatte Hook seine Geschicklichkeit bisher noch nicht weiter erprobt. Jetzt hielt er den Zeitpunkt für geeignet, damit anzufangen.

Seine eigenen Erfahrungen bezüglich Kunst oder Wissenschaft ließen Hook absolut sicher sein, über ausreichende psychische Kräfte zu verfügen. Somit ergriff er Tsus Kinn, zog sein Gesicht zu sich herauf und zwang den Doorn, ihm in die Augen zu sehen.

»Ganz ruhig, Kamerad. Ich werde dich jetzt losbinden.«

In erster Linie galt es, den angespannten und total verängstigten Doorn zu beruhigen, um die Voraussetzungen zu verbessern. Tatsächlich hatten Hooks Worte sofort eine besänftigende Wirkung auf Tsu.

Hooks harte, unnachgiebige Augen fixierten die des Doorn.

Zäh waren sie, diese Doorn, Rauhbeine der Galaxis, Meuchelmörder und Desperados, die sich mit Leib und Seele den Projektleuten verschrieben hatten. Tsus Widerstand schwand langsam dahin.

Als sich die Muskeln lockerten, fiel sein Gesicht förmlich zusammen.

Beruhigend redete Hook auf ihn ein, wiederholte monoton die Schlüsselworte, während er ihn die ganze Zeit mit der Kraft seiner Persönlichkeit gefangenhielt.

Als es Hook für angemessen hielt, ihn zu überprüfen, reagierte Tsu wie erwartet. Er wiederholte die Worte, die er wiederholen sollte, und nachdem er losgebunden worden war, machte er das, was ihm befohlen wurde.

»Geh jetzt und hole mir die Wechsel, Tsu!«

Hätte Hook seinen Spaß an makabren Situationen gehabt, so wäre jetzt der richtige Zeitpunkt gewesen. Da trottete dieser grobschlächtige Unhold der Galaxis nun also los, um die wertvollen Wechsel zu holen, die er hätte beschützen sollen, und händigte sie dem Mann aus, den er hätte umbringen sollen.

Tsus kehrte mit einer Brieftasche aus Halitas Suite zurück. Er reichte sie Hook. Während Hook sie an sich nahm, ließ er den Doorn nicht aus den Augen und war nach wie vor auf der Hut.

»Du hast mich nie gesehen, Tsu. Du weißt auch nicht, wo die Wechsel sind. Wohin Tayniss Halita verschwand, ist dir ebenso unbekannt!«

Nachdem Hook diese Anweisungen dreimal wiederholt hatte, vermutete er, daß sie ausreichend fest in Tsus Gehirn verankert waren.

Nun, jetzt mußte er die Angelegenheit nur noch richtig zum Abschluß bringen.

Hook befahl: »Tsu! Du verläßt das Hotel und gehst eine Stunde in nördlicher und dann in nordöstlicher Richtung. Von Süden und Südwesten kehrst du dann zum Hotel zurück, wo du deinen Normalzustand wiedererlangst. Du erinnerst dich nicht an mich und hast auch keinerlei Kenntnisse vom Verbleib Halitas oder der Wechsel!«

Tsu wiederholte die Instruktionen.

»Richtig! Und nun verschwinde!«

Der Doorn verließ den Raum und schloß die Tür ordentlich hinter sich.

Hook atmete tief durch.

Er schaute auf den Sessel. Noch vor ganz kurzer Zeit hatte darin eine attraktive Frau in einem verführerischen Négligé gesessen. Es gab wohl wirklich keine Gerechtigkeit in der Galaxis. Mia vanHusink hätte nicht schreiend ins Innere der Erde gezerrt werden dürfen, und Halita hätte nicht zerschmolzen werden sollen.

Aber beide Frauen waren dem Tod zum Opfer gefallen.

Ryder Hook hatte keine Zeit für Aberglauben.

Oh, gelegentlich kreuzte er schon mal die Finger oder ließ sich zu einem der kleinen abergläubischen Tricks verleiten, an die Raumfahrer zu glauben pflegten, aber er war nicht willens, sich jetzt einzureden, er sei das Verhängnis dieser beiden Frauen gewesen. O nein! Er war kein Sendbote des Todes!

Als er jetzt mit dem Gedanken spielte, Mundo Organson zu besuchen, ging es ihm daher wie selbstverständlich durch den Kopf, ob er sich nicht auch mit Sharon treffen sollte, um die Angelegenheit ein für allemal zu klären. Es kam ihm überhaupt nicht in den Sinn, daß Sharon deswegen ein grauenvolles Schicksal beschieden sein könnte.

Hook zog es vor, das Hotel auf anderem Wege zu verlassen, als er gekommen war. Er benutzte den Antigrav-Schacht, marschierte dann locker und gelöst durch das Foyer auf die Rezeption zu. Dort wimmelte es vor Geschäftigkeit.

»Kann ich Ihnen helfen, Taynor?« Der Empfangsroboter war wieder einmal die Höflichkeit persönlich.

»Ist Taynor Skolarn inzwischen zurückgekehrt? Oder war Taynor Wazzek nochmals hier?«

Der Roboter überprüfte die Angelegenheit und konnte Hook — natürlich — nichts Neues berichten.

»Das ist eigenartig, Blechmann, wirklich sehr eigenartig«, murmelte er, wandte sich ab und ging kopfschüttelnd davon.

Während er das Hotel verließ, hielt Hook die Brieftasche fest umklammert und vertrat inzwischen die Meinung, daß es alles in allem doch kein verlorener Tag gewesen sei.

Mit Ausnahme für Halita.

Das Unglück belastete Hook immer noch sehr. Man könnte Tsu für den Tod des Mädchens verantwortlich machen. Schließlich hatte er ja mit seiner verdammten

Delling geschossen. Andrerseits wäre es auch durchaus als Unfall zu bezeichnen.

Die meisten Leute, die Ryder Hook ein wenig kannten, hätte es wahrscheinlich ungeheuer erstaunt, daß der Doorn Tsu das Hotel lebend und unversehrt verlassen konnte.

Jene Leute jedoch, die ein bißchen mehr über seine verschlagenen Tricks, die er zwischen den Sternen anzuwenden pflegte, wußten, würden nicken und sagen: »Ja, ja! Ryder Hook führt wieder etwas im Schilde.«

Wenn es nur funktionierte . . .

13. Kapitel

Vanda brüllte quer durch den Kontrollraum: »Captain! Du glaubst wohl, du kannst mich vernachlässigen, nur weil ich ein Androide bin!«

Zwei seiner Roboter eilten klirrend von der Brücke fort. Der glänzende Sam ging als letzter hinaus und knallte die Tür hinter sich zu.

Hook entgegnete: »Siel mal, Vanda, nur weil du ein Androide bist und dein Programm es vielleicht für richtig hält, brauchst du dich trotzdem nicht wie ein hirnloses, verwöhntes Weib aufzuführen. Das macht man nicht. Entspanne dich und warte ab, wie sich die Situationen von selbst entwickeln.«

Er warf ihr einen energischen Blick zu. »Versuch nicht, in den Lauf der Dinge einzugreifen!«

»Ich weiß, was mir mein Programm vorschlägt.«

»Nun, dann . . .«

»Nein, Captain. Ich wurde zwar programmiert, bin aber trotzdem kein Roboter. Auch ich unterliege Lernprozessen wie die Menschen, mit dem einzigen Unterschied, daß sie geboren wurden und man mich hergestellt hat.«

Hook verstand sehr wohl, was sie damit sagen wollte, und war gleichermaßen von der wissenschaftlichen und menschlichen Seite beeindruckt, dennoch versuchte er möglichst zu verhindern, daß sich bei der Ausweitung des Themas Komplikationen entwickelten.

Er meinte: »Ich verstehe dich, Vanda. Laß dir versprechen, daß ich dich nicht mehr ärgern werde. Deine Gefühle sind echt und . . . das ist etwas Wunderbares . . .« Hook hielt inne. Ihm wurde klar, wie sorgfältig er die nächsten Worte würde wählen müssen, um nicht mißverstanden zu werden. Dann fuhr er fort: »Ich respektiere dich wirklich als Frau, Vanda. Wie du weißt, habe ich im Moment keine Beziehungen zu Frauen. Nicht mehr, seitdem Iola starb. Aber dir ist das alles ja bekannt. Wenn du möchtest, laß uns Freunde sein. In Ordnung?«

Vanda biß sich auf die Unterlippe. Man konnte ohne jede Schwierigkeit glauben, ein wirklich echtes Vollblutweib vor sich haben.

»Aber, Captain, ich will dir doch nur erzählen, wie ich empfinde . . .«

An diesem Morgen hatte sie dunkelblonde Haare und braune Augen. Genau wie bei einem menschlichen Wesen, das zur Welt gebracht und nicht hergestellt wurde, konnten auch ihre Gefühle die Körperstruktur verändern. Vanda trug einen schlichten Overall. Die sich darin abzeichnenden Konturen und der leidenschaftliche Ausdruck ihres Gesichtes setzten Hook arg zu. Wäre sie nur eine perfekte Maschine gewesen, hätten sich keine Probleme ergeben. Im Prinzip war sie schon eine perfekte Maschine, aber auf dieselbe Weise wie auch jedes menschliche Wesen.

»Du sagst, du kannst deine eigenen Gefühle verstehen, Vanda. Richtig?«

»Nun, das denke ich schon!«

»Nicht viele Menschen können das.«

»Na ja, schließlich sind sie auch nur zufällig zur Welt gekommen, stimmt's? Sie hatten nicht den Vorzug, nach sehr hohen Anforderungen gefertigt worden zu sein.«

Ryder Hook lachte lauthals heraus.

Er legte ihr die Hände auf die Schultern und sah ihr in das ihm zugewandte Gesicht. Die Konturen wirkten leicht verschattet, ihre Lippen schienen sehnsüchtig verlockend. Er beugte sich herunter und küßte sie.

Es war ein richtiger Kuß. Der erste richtige Kuß seit dem Tode Iola Gervases. Selbstverständlich hielt Hook eine Frau aus Fleisch und Blut in den Armen. Vanda war weder künstlich, noch aus Gummi oder Latex, sondern ein wahrhaftiges Weib. Hook küßte sie mit großer Befriedigung, und Vanda erwiderte seine Liebkosung hoch beglückt. Dann wich Hook zurück, hielt ihre Schultern immer noch umfangen. Er lächelte sie an.

»Sehr schön, Vanda, aber das ist jetzt genug für den Augenblick. Wir müssen wieder an die Arbeit gehen. Konntest du Organson inzwischen ausfindig machen?«

»Nein!« Sie warf Hook einen Blick zu, der ihn zwang, sie sofort loszulassen und zum Kartentisch zu gehen. Sonst wäre er über sie hergefallen. Vanda sprach weiter: »Er hat den Planeten verlassen. Ich hinterließ eine Nachricht in seinem Büro.«

Hook wollte eine Bemerkung machen, jedoch Vanda ließ ihn gar nicht erst dazu kommen.

»Du kannst das jetzt einfach so abtun, Captain. Aber inzwischen verstehe ich wesentlich mehr von Musik, weiß, was in den Romanen, die ich las, wirklich vorgeht.« Hook konnte es kaum ertragen, sie anzuschauen. »Und wenn wir erst einmal gemeinsam sinnliche Freuden genossen haben, werde ich mich sicher auch in diesem Bereich sehr viel besser auskennen.«

Hook schluckte nur. Er bekam gerade noch heraus: »Na ja, die meisten Romane zielen kräftig an der Realität vorbei.«

Daraufhin meinte Vanda äußerst spröde: »Dann sollten wir uns statt zu reimen besser an die Arbeit machen. Was ist jetzt zu tun?«

In diesem Augenblick schienen die beiden Roboter es für sicher genug zu halten, auf die Brücke zurückzukehren, und schlurften mit einigen blechernen Bemerkungen herein.

Die *Fire Daisy* blieb angekoppelt am Steig, verschlang Liegegebühren und wurde so häufig gewartet, daß sie strahlender glänzte als gerade hergestelltes Metallgeld.

Hook verwendete einen der Skolarn-Wechsel, um die Liegegebühren zu finanzieren. Die Wechsel und Kreditbriefe waren auf eine Anzahl Banken der verschiedenen Wirtschaftskonzerne ausgestellt. Ein Großteil davon auf Routts. Wenn Hook diese Wechsel Organson geben würde, dann könnte er mit dem Routts-Geld Medikamente gegen Routts' Willen einkaufen. Dieser Gedanke amüsierte Hook ungeheuer.

Natürlich war damit zuviel Kapital verbunden, um es auf einmal ausgeben zu können. Bargeld oder Kredit spielte dabei keine Rolle. Aber Hook hantierte die

Angelegenheit mit äußerster Vorsicht. Wenn es um Millionen ging, sollte jeder umsichtig handeln.

Und dabei stellten diese Summen nur die Vorauszahlung für das von Mundo Organson zu erbauende Chemiewerk auf Magdorf dar. Es reizte Hook wahnsinnig, noch mehr darüber in Erfahrung zu bringen. Im Augenblick jedoch konnte er keine Mittel und Wege finden.

Offensichtlich bedeutete Geld den Projektleuten nichts. Es nahm auch für Ryder Hook keinen hohen Stellenwert ein, erleichterte ihm jedoch das Leben. Mit dem Kredit von den Novaleuten, denen die Transaktion nicht im geringsten wehtun würde, könnte er einige seiner Ideen verwirklichen.

Unten im Maschinenraum der *Fire Daisy* bastelten die Roboter an kleinen Geräten, die andrerseits den Novaleuten schon wehtun könnten.

Während den folgenden Tage fuhr Hook häufiger in die Stadt und bewahrte das Image, das er Wazzek gegenüber angenommen hatte. Was Wazzek selbst anging, so befand er sich weniger in einem bedauernswerten Zustand, sondern war vielmehr vollkommen unentschlossen und verwirrt.

Er konnte einfach nicht verstehen, was Skolarn passiert sein mochte. Das vereinbarte Treffen hatte nicht stattgefunden, Skolarn war verschwunden. Die Obligationen und Wechsel hatten sich, ebenso wie Halita, in Luft aufgelöst. Wenn man dann zwei und zwei zusammenzählte, lag die Vermutung nahe, daß Halita mit dem Geld durchgebrannt sein könnte.

»Glauben Sie, daß Skolarn mit Halita abgehauen ist, Berik?« wollte Wazzek an einem heißen Morgen, als er über seinem Glas Koolaid schwitzte, von Hook wissen. Dieselbe Frage hatte er ihm schon mindestens hundert

Mal gestellt. Auch wenn es ihm mißfiel, Halitas Andenken in den Schmutz zu ziehen, mußte Hook doch den Schein wahren. Schließlich hätte er die betreffende Dame nie getroffen, wie könnte er dann also diese Frage beantworten?

»Nun, solange wir kein Metallgeld, Obligationen, Wechsel oder ähnliches zu Gesicht bekommen, Wazzek, können Sie die Abmachung mit Organson vergessen.«

»Ich weiß, ich weiß!«

Hook hatte auch Tsu nicht erwähnt, denn er sollte gar nicht wissen, daß der Doorn überhaupt existierte. Wazzek gab andrerseits ebenfalls keinen Hinweis auf den Umfang seiner Kenntnisse.

Eines Tages platzte Hook heraus: »Irgend jemand muß doch Ihre Auftraggeber benachrichtigen, Wazzek. Mit dieser Unentschlossenheit kommen wir schließlich nirgendwo hin!«

»Ich habe bereits eine Mitteilung abgeschickt.« An dieser Stelle versuchte Wazzek, einen Teil seiner Autorität zurückzuerlangen. »Das ist immerhin meine Angelegenheit, Berik!«

»Aber sicher!«

»Vergessen Sie das besser nicht!«

»Nein. Und ich vergesse Mia vanHusink ebenso wenig.«

»Was wollen Sie damit sagen?«

»Nicht viel. Sie waren mit ihr draußen, und Sie versprachen, Sie würden aufpassen. Das ist schon alles!«

Zornesröte stieg Wazzek in sein schwammiges Gesicht. Mit einer heftigen Bewegung sprang er auf und warf dabei den Tisch um. Die beiden Koolaids platschten auf den Parkettboden. Ein oder zwei Gäste des Restaurants drehten sich zu ihnen herum.

»Sie sollten Ihre Worte besser vorsichtig wählen, Berik!«

»Natürlich, ich bin vorsichtig. Genauso vorsichtig, wie Sie Mia beschützt haben.«

Wazzek wollte Hook angreifen. Mit einem kehligen Aufschrei sprang er los.

Hook wich geschickt zur Seite, und Wazzek stolperte weiter. Er donnerte gegen den nächsten Tisch, stieß auch diesen um, wobei sich das gesamte Geschirr auf die Schöße der drei alten Jungfern, die daran gesessen hatten, verteilte. Zu allem Überfluß fiel er noch über eine der Damen, schlug, als Folge dessen, mit dem Kopf an einen weiteren Tisch, den eine Riffianerin lautstark schimpfend und voller Abscheu verließ.

Hook schlenderte an den Nachbartisch und zeigte sich von seiner höflichsten Seite. »Bitte entschuldigen Sie ihn, meine Damen. Er hat heute Geburtstag und ist dann immer so aufgeregt.«

Hook griff mit der linken Hand nach unten und zerrte Wazzek hoch. Mit der rechten Hand packte er den Burschen am Kragen.

»Sehen Sie, meine Damen, so lösen wir das Problem«, verkündete Hook fröhlich. »Wenn er richtig behandelt wird, ist er lammfromm. Nun komm schon, alter Freund, jetzt wollen wir mal Kerzen für deinen Kuchen kaufen!«

Wazzek konnte sich überhaupt nicht rühren. Während Hook ihn mit sich zog, mußte er gezwungenermaßen hinterher stolpern.

Draußen in der Vorhalle ließ Hook ihn los und gestattete somit den Mann, wieder zu Atem zu kommen.

Wazzek schüttelte den Kopf. Seine Augen sprühten förmlich Funken.

»Paß nur auf, du Miststück . . . Ja, das werde ich dir nie vergessen! Du hast mich beschuldigt, ich hätte Mia umgebracht . . .«

»Nein, du Idiot, das habe ich nicht gesagt.« Hook legte eine kurze Pause ein, holte selbst tief Luft und kehrte dann zur formellen Anrede zurück. »Ich ließ nur durchblicken, daß Sie vielleicht, wenn Sie aufmerksamer gewesen wären, den Wurm hätten abschießen können, bevor das Biest Mia mit sich zerrte.«

»Das ist doch wohl so ziemlich dasselbe, oder?«

Wazzek hatte nicht versucht, seine Delling abzuschießen. Hätte er es getan, wäre er wahrscheinlich inzwischen tot.

»Nein, ist es nicht! So, und nun kommen wir zum Kernpunkt. Ich will endlich die Sache hier über die Bühne bringen und von Bellamy verschwinden!«

Wazzek war immer noch reichlich aufgebracht und würde mit Sicherheit schon beim geringsten Anlaß Hook wieder an die Kehle gehen. Sein gerötetes Gesicht und die zusammengekniffenen Augen zeigten deutlich seinen Zorn. Er leckte sich die Lippen. Dann zuckte er abrupt mit seinen massigen Schultern und ging Hook voraus zur Tür.

»Unter der Voraussetzung, daß Sie mich nicht für Mias Tod verantwortlich machen, bin ich bereit, diesen Zwischenfall zu übersehen. Aber ich warne Sie, Berik, Sie bewegen sich am Rande des Abgrundes. Niemand darf mich so behandeln und . . .«

»Und was . . .?«

Die Kollision zweier Gefühlsregungen zeichnete sich deutlich auf Wazzeks Zügen ab. Seiner normalen Reaktion hätte es entsprochen, mit jedem, der ihn so behandelte, kurzen Prozeß zu machen, in diesem Falle jedoch schien ihm sein sechster Sinn zu signalisieren, daß bei Berik andere Maßstäbe anzusetzen waren.

Hook war es inzwischen gewöhnt, auf der Hut zu sein. Jetzt gab es einen mehr, vor dem er sich in acht nehmen mußte.

Wazzek stolzierte davon und rief ihm noch über die Schulter zu: »Ja, ich bin auch der Meinung, wir sollten die Angelegenheit so schnell wie möglich erledigen. Wir sehen uns bald.«

»Damit kannst du rechnen«, sagte sich Hook.

Hook hatte sich in einer kleinen, billigen Pension einquartiert. Sie befand sich in der Nähe des Industriegebietes, also nicht unbedingt in der bevorzugten Wohngegend der Stadt. Sobald Organson, Sharon und Dolly wieder auf Bellamy eintrafen, würde man ihnen eine Mitteilung von Hook aushändigen. Ihm war zu Ohren gekommen, daß bald eine neuerliche Hilfsaktion anlaufen sollte. Allerdings wollte er sich dieses Mal nicht an dem Medikamententransport beteiligen, es würde ihm zuviel kostbare Zeit verloren gehen.

Mit äußerster Genugtuung schickte er einige der Wechsel an Manfrid in der Moben-Mission auf Shyle. Auch Vanden auf Raifal erhielt einen Anteil, der jedoch so bemessen war, daß der scharfsinnige Sicherheitschef nicht ins Grübeln geriet. Vanden hatte ihm Vanda überlassen, dennoch sollte diese Geldsumme keine Ratenzahlung für den Androiden, sondern vielmehr eine kleine Aufmerksamkeit, ein ›Danke schön‹ sein.

Wenn er gewußt hätte, wo im Mahlstrom glitzernder Sterne sich Shaeel und Karg aufhielten, wären sie ebenfalls bedacht worden. Unter den gegebenen Umständen mußten sie halt auf ihren Anteil warten.

Hook nahm sich das, was er zum Leben brauchte,

und würde den Rest dann Mundo Organson für seine Hilfsorganisation überlassen.

Das große Ereignis, auf das Hook seit Tagen gewartet hatte, zeichnete sich in dem Moment ab, als er, auf dem Weg zu seiner *Fire Daisy*, in aller Ruhe durch den Raumhafen schlenderte.

Er sah einen Luftkissenwagen vorbeizischen. Darin saß Tsu mit einem Roboter. Hook beobachtete, wie das Fahrzeug am leeren Raumsteig neben Wazzeks *Worgarn Majestic* hielt.

Wazzek tauchte auf und marschierte hinüber. Nachdem er schwitzend und schwerfällig bei Tsu angekommen war, stellte er sich neben ihn. Die beiden sprachen miteinander.

Das plötzlich auftauchende Gefühl der Macht, die Vibrationen, die seinen organo-kristallinenen Körper förmlich schüttelten, und seine ungestüme Versetzung in den Zustand eines Projektmannes ließen für Hook keinerlei Zweifel daran, daß sich an Bord des in wenigen Augenblicken zur Landung fälligen Raumschiffes ein Novamann befinden würde.

Nur Bruchteile von Sekunden später tauchte das Schiff auf, vollführte gekonnt zielsicher eine weiche Landung und wurde vom Bodenpersonal umgehend angekoppelt. Hook behielt den Verlauf der Geschehnisse aufmerksam im Auge.

Der verzehrende Hunger nach dem Zustand eines Projektmannes hatte auch Hook inzwischen ergriffen. Er fühlte sich wahrhaftig wie zerrissen, denn obwohl er vor Freude hätte jubeln können, war ihm gleichermaßen körperlich übel. Daher konnte man es sich eigentlich sehr wohl erklären, daß die übermenschlichen Kräfte die Novaleute verdorben hatten. Doch glaubte Hook fest daran, daß dieses kein unabänderliches Schicksal war. Schließlich hatte sich Iola Gervase den dunklen Mächten der Novaleute erfolgreich widersetzt.

Hook war es im Laufe der Zeit gelungen, die Quelle der Vibrationen immer detaillierter ausfindig zu machen. An Bord dieses Raumschiffes mußten sich vier Projektleute befinden. Es handelte sich um ein großes Modell, dessen Fabrikat Hook nicht kannte. Wahrscheinlich stammte es von der anderen Seite des Spiralarmes, noch weit hinter Manzekert. Vier Novaleute, von denen einer ungeheuer einflußreich sein mußte, hielten sich in diesem Schiff auf. Das alte Sprichwort, so hassenswert es vielleicht auch sein mochte, hatte immer noch Gültigkeit: Nur ein toter Projektmann war ein guter Projektmann!

Wenn Hook sich jetzt in Höchstgeschwindigkeit versetzte und einer von ihnen zufällig aufs Flugfeld schaute, hätte man ihn sofort entdeckt. Er ließ Wazzek und Tsu Zeit, den Lift zu benutzen, und setzte dann langsam seinen Weg zur *Fire Daisy* fort.

Vanda sollte sich jetzt hübsch zurückhalten.

Hook berichtete ihr, was er zu tun beabsichtigte, und fügte hinzu: »Wo ist denn die neue Schutzkleidung aus Metallgewebe, die du mir neulich gekauft hast? Ich meine den grauen Anzug mit dem roten Streifen?«

Vanda preßte die Lippen zusammen und brachte ihm die gewünschte Kleidung. Hook zog sie an und setzte sich noch die kleine, runde Kappe mit dem beweglichen Visier auf. Sollten sie jetzt versuchen, mit einer Delling oder Parkat auf ihn zu zielen, würde das Disgel nur wirkungslos abprallen.

Vanda, die sich nicht länger beherrschen konnte, platzte heraus: »Du mußt mich mitnehmen, Captain.

Oder wenigstens einen von den Kampfrobotern!«

Wie sollte er ihr erklären, daß sie sich nicht in Höchstgeschwindigkeit versetzen könnten? Er fragte sich, ob er Vanda vielleicht eines Tages von den Novaleuten erzählen würde. Dieses Wissen stellte eine schwere Bürde dar.

Hook hatte sich ein Dutzend Päckchen Sprengstoff in den Overall geschoben. Damit würde er zwar nicht das ganze Schiff in die Luft jagen, aber doch wenigstens einige Instrumente zerstören können. Die Malens Marksman nahm er auch mit, denn er hatte sie nach einiger Überlegung gegen eine größere Waffe entschieden.

Er wollte harmlos aussehen. Jeder, der ihn kannte, würde darüber nur schallend lachen. Ryder Hook und harmlos!

Als er sein Gesicht zu maskieren begann, war Vanda nicht mehr zu bremsen. Sie fauchte nur: »Gib her! Laß mich das machen!«

Als Hook, nachdem sie ihr Werk vollendet hatte, in den Spiegel schaute, mußte er ihr Geschick unverhohlen bewundern. Mit nur wenigen Handgriffen war es ihr gelungen, die gesamte Struktur seiner Gesichtszüge zu verändern. Vanda lernte in der Tat sehr schnell.

Sie kannte ihn als Captain Zero und wußte ebenso, daß man ihn hier auf Bellamy Berik nannte. Was sie nicht ahnen konnte, war, daß die Novaleute an Bord des Raumschiffes Ryder Hook identifizieren und sofort auf ihn schießen würden.

Der glänzende Sam meldete von seinem Wachposten: »Wazzek verläßt das Schiff, Skipper!«

»Gut. Er ist zwar eine taube Nuß, aber nicht so schlecht wie die anderen. Laß ihn gehen!«

Vanda beobachtete Hook, wie er mit dem Lift nach unten fuhr und in ein Luftkissenfahrzeug stieg. Als der Roboter das kleine Gefährt zum Raumschiff der Projektleute hinüber in Bewegung setzte, rief sie ihm hinterher: »Komm mir ja mit heiler Haut zurück, Captain! Verstanden?«

»Verstanden!«

In Normalzeit stieg er aus dem Fahrzeug und ging zum Lift des Raumschiffes hinüber, der sich gerade am Boden befand. Dort benutzte er das Telefon und verlangte die Brücke.

»Erbitte Genehmigung, an Bord kommen zu dürfen! Ich habe eine Nachricht für Hemt Dulluch!«

Kühl und formell ertönte die Antwort.

»Name?«

»Mundo Organson.«

Nach einer kurzen Pause hieß es: »Genehmigung erteilt! Kommen Sie an Bord!«

Der Lift trug ihn in Windeseile nach oben. Roboter waren bereits eifrig mit Wartungsarbeiten am Schiff beschäftigt. Der Geruch nach Öl und statischer Energie umgab ihn.

Nachdem der Lift gehalten hatte, entließen ihn die Pforten direkt auf die Brücke. Hook hielt einen Augenblick inne und besah sich die räumliche Anordnung. Die Brücke schien ihm gleichermaßen fremd und vertraut, dennoch wußte er, daß er dieses Schiff führen könnte. Besonders eindrucksvoll war der ausgedehnte Befehlsstand des Waffenmeisters.

Drei Männer und eine Frau warteten auf ihn. Hook konnte deutlich spüren, wie von drei der Anwesenden Impulse zu ihm übersprangen. Tsu, der Doorn, stand ein wenig abseits.

»Nachricht für Hemt Dulluch«, leierte Hook in der mechanischen Art eines bezahlten Boten herunter.

Der große, stämmige Mann, der deutlich Autorität ausstrahlte, sagte: »Nun los, Gerta!«

Die Frau betätigte den Abzug ihres Betäubungsgewehres. Hook wurde unerwartet von der vollen Ladung erwischt und versank in schwarzer Bewußtlosigkeit.

14. Kapitel

Dafür, daß Hook es mit machtbesessenen Bastarden und einem ausgebildeten Meuchelmörder zu tun hatte, war alles noch ganz glimpflich verlaufen.

Sie hatten seine Handgelenke und Fußknöchel an einem Stuhl festgebunden. Dieser Stuhl gehörte zu einer Kontrollkonsole und war somit nichts Besonderes. Einfache Metallschlingen dienten als Fesseln. Offensichtlich erforderten die Umstände keine speziellen Maßnahmen.

Nach dem Verhalten der Normalbürger der Galaxis allerdings zu urteilen, hatte man Hook grob mißhandelt.

Vandas Maske hielt immer noch. Hook gab sich redlich Mühe, eher Verwirrung, als die nackte Wut, die er tief im Innersten empfand, auf seinen Zügen erkennen zu lassen.

Er hatte diese spontane Reaktion nicht erwartet, schließlich wollte er ja angeblich nur eine Mitteilung von Organson überbringen. Dennoch mußte man bei den Novaleuten mit allen Grausamkeiten rechnen.

Der kräftige Bursche, derjenige in dem schmucken olivgrünen Overall mit den purpurfarbenen Streifen, derjenige mit dem glatten, schwarzen, vor öliger Pomade glänzenden Haar, derjenige, von dem ganz besonders starke Impulse ausgingen, ganz genau dieser Typ beugte sich jetzt vor und schlug Hook mitten ins Gesicht.

»Das ist erst der Anfang, du Syphilitiker. Du wirst mir jetzt einige Fragen beantworten.«

Der Mann hatte mit einer solchen Kraft zugeschlagen, daß jeder normale Sterbliche verletzt gewesen wäre. Hook, dem es auch sonst schon weniger ausgemacht hätte, spürte in seinem Zustand als Projektmann nicht viel davon.

»Dein Name ist nicht Mundo Organson, Gonil. Taynor Tsu kennt Organson, dich hat er nie gesehen!«

»Ich . . . ich habe nie behauptet, Organson zu sein«, stotterte Hook, rollte mit den Augen und bemühte sich auch sonst, möglichst erschreckt auszusehen. »Ich bin Rold Woodlar und bringe eine Nachricht von Mundo Organson!«

Gerta, die stämmige Frau mit jenem verräterischen, unzufriedenen Zug um die Mundwinkel, meinte: »Das klingt glaubwürdig!«

Der Mann mit der autoritären Ausstrahlung, wahrscheinlich handelte es sich bei diesem hageren, schwarzhaarigen Bastard um Hemt Dulluch, sagte nur ganz ruhig: »Halt dich zurück, Gerta! Du sprichst erst dann, wenn ich es dir erlaube!«

Er kam einen Schritt auf Hook zu, ergriff dessen linkes Handgelenk und drehte es herum.

»Keine Kreditkarte. Du bist doch nur ein Versager, Abschaum, ein Nichts in der Galaxis. Du sagst, du heißt

Rold Woodlar, kann schon sein. Ohne Kreditkarte kann das niemand nachprüfen,. richtig?«

Hook ergriff das Wort: »Möchten Sie hören, was Organson . . .?«

Dulluch schlug ihn erneut. Hook konnte es deutlich spüren.

»Wo hast du die Darker her?«

»Die was?«

Dulluch schlug wieder zu.

»Die Darker, Miststück, die Darker!«

»Ich weiß nicht, was eine Darker ist.«

Dulluch zerrte wiederum an Hooks linkem Handgelenk.

»Die Disgel-Waffe, du Syphilitiker!«

»Oh«, entfuhr es Hook. »Die heißt also Darker.«

Er hatte sie seinerzeit einem toten Projektmann weggenommen und wußte nichts über deren Herkunft. Munter fing er an zu erzählen: »Die hab ich drüben beim Lazare-Sternenhaufen in einem Pfandhaus gekauft. Das war so'n kleiner gerissener Mal, der wollte unheimlich viel Geld dafür, aber ich konnte . . .«

Dulluch machte Anstalten, Hook wieder zu schlagen, so hielt dieser ganz schnell seinen Mund. Er verzog die Lippen, um erkennen zu lassen, daß ihm das Herz in die Stiefel zu rutschen begann.

»Jetzt erzähle mir, was dieser Dummkopf Organson will!«

»Sie haben ihm bislang noch nichts für das Projekt bezahlt. Er kann mit den Arbeiten erst anfangen, wenn Sie ihm endlich Obligationen, Wechsel und Kredite zukommen lassen.«

»Dieser unverschämte Schweinehund! Mit dem werde ich in der Tat abrechnen!«

»Nun, wenn Sie es nicht tun, wird auch Ihre Fabrik nicht gebaut.«

Hook hatte sich zwar vorsichtig ausgedrückt, aber das mußte er einfach noch loswerden.

Der Wandel vom schlichten Boten zum Verhandlungspartner würde Dulluch sicher nicht schmecken, dessen war Hook gewiß. Ein in seinen Augen derartig forsches Vorgehen könnte er nicht kommentarlos hinnehmen.

Dulluch meinte nur: »Und du bildest dir wirklich ein, ich gebe dir die Wertpapiere so einfach mit?«

Hook hätte darauf hinweisen können, daß Dullluch mit diesen Worten eigentlich sogar Verhandlungsbereitschaft signalisierte. Statt dessen sagte er jedoch bloß: »Wenn Sie wollen, daß mit den Arbeiten begonnen wird!«

Die Frau öffnete ihren Mund, benetzte sich die wulstigen Lippen mit ihrer glänzenden Zunge, und schloß ihn wieder. Der andere junge Projektmann hatte bislang noch kein einziges Wort gesagt und würde es sicher auch nicht tun, bevor Dulluch ihn dazu aufforderte.

Hook durfte nicht vergessen, daß vier von diesen Bastarden an Bord waren. Einer mußte sich noch irgendwo herumtreiben.

»Ich werde mich jetzt noch nicht entscheiden!« Dulluch schnippte mit den Fingern. Tsu horchte auf. »Aber dich werden wir dort unterbringen, wo wir dich im Auge behalten können!« Zum Doorn gewandt, befahl er auf die ihm eigene, knappe Art: »Wirf ihn ins Schiffsgefängnis!«

Hook blieb gefesselt, wurde nur vom Stuhl losgebunden, und dann stieß ihn Tsu tatsächlich in eine der Zellen. Er stolperte, landete auf einer Schulter, rollte herum und setzte sich so hin, daß er sehen konnte, wie Tsu die Gittertür zu schließen begann.

Umgehend ging er in Höchstgeschwindigkeit über.

Aufgrund seiner Fesseln war Hook gezwungen, sich kriechend und hoppelnd fortzubewegen. Tsu stand erstarrt vor der Zellentür und blickte hinein. Das Gitter hielt kurz vor dem Schloß. Selbst mit den Metallschlingen, die Hook trotz seiner Projektmann-Kräfte nicht zu sprengen vermochte, bewegte er sich so schnell, daß alles andere vollständig stillzustehen schien. Seine Kleidung aus Metallgewebe würde der Reibungshitze widerstehen, und die eigene Haut war durch seine Umwandlung zum Projektmann absolut sicher geschützt.

Hook kam bei Tsu an. Die Schlüssel hingen bewegungslos an der Gesäßtasche des Doorn. Hook griff um die Gittertür herum und riß die Schlüssel an sich. Obwohl er sich eigentlich in Zeitdruck befand, konnte er sich jetzt, in der Phase der Höchstgeschwindigkeit, erlauben, die Schlüssel in Ruhe an sich zu nehmen und überlegt zu verstecken. Hook schob sie in den Schaft eines seiner schwarzen Stiefel und zwängte sie soweit hinein, daß ein prüfender Finger sie nicht fühlen konnte, wenn er es nicht wollte. Dann kroch er in der Zelle an den Punkt zurück, wohin er gefallen war, und verfiel wieder in Normalgeschwindigkeit.

»Das wird dir die Flötentöne beibringen!« rief Tsu aus und ließ die Gittertür krachend ins Schloß fallen.

Das Zuknallen von Gefängnistüren war schon immer das schmerzlichste Geräusch in Hooks Ohren. Das würde auch so bleiben.

Ganz besonders, wenn er sich hinter den Gittern befand.

Nachdem Tsu gegangen war, machte sich Hook an die

umständliche Arbeit, sich der Fesseln zu entledigen. Ihm fehlte die Kraft, die Metallschlingen sauber zu sprengen, daher mußten sie erst gefeilt, geraspelt und schließlich mit Hilfe seiner Projektmann-Kräfte auseinander gerissen werden. Nachdem erst die Hände frei waren, hatte er in Windeseile auch die Füße losgebunden. Hook stand auf und streckte sich.

So, sagte er zu sich selbst, bei Dirty Bertie Bashties verlauster Unterwäsche, euch werd ich's zeigen!

Natürlich hatte man ihm die Malens Marksman weggenommen und auch die Disgel-Waffe, an die er sich jetzt als Darker gewöhnen mußte, geleert. Die winzigen Päckchen Sprengstoff, die verborgen unter seinem Overall steckten, waren ihnen natürlich nicht aufgefallen.

Lässig steckte er den Schlüssel ins Schloß der Gittertür und schob sie auf. Während sie sich in Normalzeit öffnete, versetzte sich Hook umgehend in Höchstgeschwindigkeit.

Der Überraschungseffekt, über dieselben Fähigkeiten zu verfügen wie seine Feinde, was diese jedoch wiederum nicht ahnten, stellte einen ausgezeichneten Vorteil dar. Er hatte keine Waffe, und auch das Ding, das der erste Wachposten, dem er begegnete, am Gürtel trug, war für ihn nutzlos. Es handelte sich um einen großkalibrigen Geschoßwerfer. Wenn man ihn auf einen Projektmann anlegte, war dieser schon meilenweit entfernt, bevor das Geschoß die Pistolenmündung richtig verlassen hatte.

Hook konnte bei dem Wachposten auch keine Delling finden, jedoch wäre der todbringende Klecks Gelmix ohnehin nicht schnell genug für einen Novamann.

Während Hook auf der Suche nach der Waffenkammer durch die Korridore wirbelte, war er sich darüber im klaren, daß jeder der vier Novaleute ihn dabei entdecken könnte.

Ein eigenartiger, strenger Geruch machte sich in diesem Raumschiff bemerkbar. Offensichtlich hatte es erst vor kurzer Zeit Fremde exotischen Ursprungs transportiert. Die Leute standen in erstarrten Posen, während die Roboter mitten in ihrer Wartungstätigkeit zum Stillstand gekommen waren.

Hook wurde plötzlich langsamer.

Er spürte den Impuls eines Projektmannes. Er konnte die Vibrationen der drei anderen, ihm bekannten Novaleute unterscheiden. Sie befanden sich immer noch im Kontrollraum. Also mußte es sich hier um den Vierten handeln.

Dann fiel es Hook wie Schuppen von den Augen.

Der vierte Bastard hielt sich in der Waffenkammer auf.

So mußte es sein.

Vorsichtig arbeitete sich Hook in die Richtung, aus der die Impulse kamen, vor. Die entsprechende Tür war mit einem Symbol, das jeder gleich erkennen konnte, nämlich einem Gewehr und einer Atombombe, versehen. Hook ließ jegliche Vorsicht fallen und stürmte herein. Er warf sich auf die schlanke Gestalt des Novamannes und erkannte erst, daß es sich um eine Frau handelte, als sich seine Hände schon fest um ihren Hals geschlossen und er sie, wie Skolarn, hin und hergeschleudert hatte. Leblos sank sie in sich zusammen.

Sie gehörte den Novaleuten an. Das stimmte, und aus diesem Grunde gab es auch keinen Unterschied zwischem dem Tode einer Frau und dem eines Mannes. Dennoch mißfiel es Hook jedesmal aufs äußerste, wenn ihm eine Novafrau in die Quere kam, und das hatte nichts mit Iola Gervase zu tun.

Er brachte einige der Sprengstoffpäckchen an, wo sie seiner Meinung nach die meiste Wirkung zeigen würden. Dann füllte er die Darker an seinem Handgelenk auf und schob sich noch ein paar Reservemagazine in die Tasche. Weiterhin nahm er eine Martian Mega, seine Liebingswaffe, an sich und versteckte eine kleine QSA Tickler in seinem Overall. Während er die Mega für Härtefälle an seinem Gürtel trug, konnte Hook auch noch eine Tonota Vierzig für den sofortigen Gebrauch in die Hand nehmen.

Hook handelte aus purer Habgier, das war ihm selbst vollkommen klar.

Er hätte das Schiff ohne weiteres wirkungsvoll sabotieren, hier und dort seine Martian Mega abschießen und ganz schnell verschwinden können. Aber er war inzwischen von der Gier übermannt worden. Er wollte Dulluchs Geld haben.

Die Tatsache, daß er es nicht für sich selber beanspruchte, milderte sicher in gewisser Weise seine Habsucht, ging es Hook durch den Kopf, als er weiterschlich.

Jetzt befanden sich noch die drei Novaleute und Tsu im Kontrollraum. Bis diese sich in Höchstgeschwindigkeit versetzt hatten, galt die größte Vorsicht Tsu. Als Doorn war er es gewohnt, schnell und effektiv zu handeln.

Daher wäre es sicher am besten, in die Normalzeit zu wechseln. Tsu außer Gefecht zu setzen, und wenn sich dann die Novaleute in Höchstgeschwindigkeit versetzten . . . nun, das könnte interessant werden.

Als einsamer Wanderer der Galaxis haßte Hook es, in

irgendeiner Form Risiken einzugehen, die er nicht wenigstens abschätzen konnte. Die jetzigen Gegebenheiten behagten ihm überhaupt nicht. Dennoch war er verpflichtet . . . hatte sich sozusagen selber festgelegt.

Kurz bevor Hook durch die Tür in den Kontrollraum schritt, holte er noch einmal tief Luft. Er hielt die Tonota Vierzig im Anschlag. Tsu durfte nicht die geringste Chance erhalten. Die Doorn waren der personifizierte Tod.

Er schlich vorsichtig hinein, und ein einziger, alles umfassender Blick verriet ihm, daß sich der Doorn Tsu nicht auf der Brücke befand.

Ein Roboter beschwerte sich gerade über einen schadhaften Schalter in der Waffenkammer, und Dulluch blickte in diesem Moment von der Pilotenkonsole hoch, um eine treffende und unangenehme Bemerkung zu machen. Gerta, die versuchte, mit dem Roboter fertig zu werden, sah gerötet und unglücklich aus.

Der junge Novamann hielt Hook den Rücken zugekehrt und bemühte sich zweifellos, allem gerecht zu werden und möglichst wenig aufzufallen.

Der Schädel eines Projektmannes war unglaublich hart. Um ihm kräftig eins auf die Nuß zu geben, benötigte man eine ganze Menge mehr Kraft, als für einen normalen Sterblichen üblich war. Und Hook langte bei dem jungen Novamann wirklich kräftig hin. Die Tonota Vierzig donnerte in den organo-metallischen Schädel des Burschen und war danach unverzüglich auf Dulluch und Gerta gerichtet.

Gerta hatte sich so intensiv mit ihren Robotern beschäftigt, daß sie nur äußerst träge reagierte. Dulluch hingegen versetzte sich sofort in Höchstgeschwindigkeit.

Jetzt bildete er sich gewiß ein, unverwundbar zu sein

und diesen verrückten Homo sap in aller Ruhe in Stücke reißen zu können.

Hook gönnte ihm diesen Spaß jedoch nicht. Auch er beschleunigte, und die Tonota Vierzig pustete Hemt Dulluch weg.

Man konnte gerade noch den Ausdruck erschreckter Verständnislosigkeit auf dem Gesicht des Projektmannes erkennen, bevor er verbrannte.

Die Energiewaffe suchte ihr nächstes Ziel, zischte erneut, woraufhin Gerta und ihre Roboter Blasen warfen.

Hook, immer noch in Höchstgeschwindigkeit, verwendete dieselbe Art Metallschlingen, mit denen er selbst gefesselt worden war, um den jungen Burschen festzubinden.

Die Wechsel befanden sich mit größter Wahrscheinlichkeit im Schiffstresor. Hook wußte, daß er seine Energiewaffe nicht dazu verwenden konnte, diesen zu öffnen. Die kostbaren Papiere würden sofort verbrennen. Statt dessen pustete er das Gestell und die Haltestreben fort.

Der Safe war zwar schwer, für Hook im Zustand eines Projektmannes jedoch kein Problem. Wenn er sich damit in Höchstgeschwindigkeit bewegte, würden die dicken Tresorwände den Inhalt vor dem Verbrennen schützen.

Hook machte sich auf den Weg. Den Safe trug er auf den Schultern, und den bewußtlosen Novamann zerrte er am Kragen hinter sich her. Es war sehr schade, daß er nicht Hemt Dulluch mitnehmen konnte, aber die Dinge hatten sich anders entwickelt.

In Höchstgeschwindigkeit verzichtete Hook auf den Lift, um zum Boden der Halle zurückzugelangen. Wie schon einmal vorher, meinte er auch jetzt, über reichlich

Zeit zu verfügen. Anstatt also in die Normalgeschwindigkeit zurückzukehren und sich mit dem Lift nach unten befördern zu lassen, hüpfte Hook mit Superbeschleunigung die Stufen hinunter.

Unten angekommen, wurde es ihm auf einmal furchtbar kalt, als würde sich ein eisiger Ring um seinen Hals legen.

Tsu stand reglos im Schatten des Raumschiffes. Er hatte seine Energiewaffe auf ein Ziel gerichtet. Sein Ziel! Hook zwang sich, das Zittern zu überwinden und die Angelegenheit mit kühlem Kopf zu regeln. Jenes Ziel, das dort in Normalzeit wie angewurzelt verharrte, trug Schutzkleidung aus Metallgewebe, die genauso aussah wie seine eigene, und hatte zwei seiner Kampfroboter bei sich.

Tsu, der sicher von seinem Versteck aus alles beobachtete, verfügte über reichlich Zeit, sie alle drei, einen nach dem anderen, während des Vorbeimarsches in Ruhe abzuschießen. Aus dem ersten Kampfroboter würde ein verrußter Blechhaufen, aus Vanda ein zerschmolzenes Schreckensbild, zu guter letzt ein weiteres Bleckwrack.

Tsu hielt ihre Vernichtung in Händen und konnte sich Zeit lassen . . .

Die Ironie der Situation entging Hook nicht. Er mußte unterbinden, daß der Doorn ihn noch länger verfolgte und hinterrücks zu ermorden versuchte. Tsu hatte seinen Zweck erfüllt und Dulluch nach Bellamy gebracht. Jetzt hieß es für ihn, den Weg allen Fleisches zu gehen, und alle Zeit der Welt könnte ihm nicht helfen.

Der bewußtlose Projektmann fiel, mit dem Gesicht voran, auf den Betonboden. Die Tonota Vierzig fauchte, und Tsu war geröstet. Hook verstaute die Waffe, griff nach dem Novamann und machte sich auf den Weg zur *Fire Daisy.*

Er eilte dorthin, wo die Roboter eine Vorrichtung zur Sicherheitsverwahrung von Projektleuten gebaut hatten, und sperrte seinen Gefangenen darin ein. Dann stellte er den Safe auf der Brücke ab und raste an die Stelle zurück, wo Vanda und die beiden Kampfroboter sich vielleicht einen Millimeter weiterbewegt hatten, wenn überhaupt.

In diesem Augenblick kehrte Hook in Normalzeit zurück und rief: »Feind vernichtet! Zurück zum Schiff und keine Widerworte!«

Vanda zuckte zusammen.

»Wo, zum Teufel, kommst du denn her?«

»Zurück zur *Fire Daisy.* Beweg dich!«

Die Kampfroboter waren schon unterwegs. Schließlich fügte sich auch Vanda und rannte mit Hook zum Kutter zurück.

Als dann die unvermeidlichen Fragen bezüglich des Vorhandenseins eines verrußten Schiffstresores auf ihrer Brücke gestellt wurden, meinte Hook: »Ich kam von der anderen Seite, Vanda. Weiß nicht, wie du mich verpassen konntest!« Dann warf er ihr einen energischen Blick zu. »Und du bist hinter mir hergerannt, nicht wahr, obwohl ich doch gesagt habe . . .«

»Wer weiß, was sie mit dir angestellt hätten, Captain!«

»Nun, mir ist ja nichts passiert!« Die Lüge ging ihm leicht über die Lippen.

Nochmals versetzte er sich in Höchstgeschwindigkeit, flitzte zum Schiff der Novaleute hinüber und verteilte die restlichen Päckchen Sprengstoff. An besonders prägnanten Stellen verdoppelte er die Ladung. Danach kehrte Hook zur Brücke zurück und nahm seine Unterhaltung mit Vanda wieder auf.

Das Raumschiff der Projektleute flog erwartungsgemäß in die Luft und rieselte als glühende Partikel wieder zu Boden. Er hatte es zwar ursprünglich gar nicht so geplant, aber dennoch war das ein geschmackvolles Finale dieses besonderen Abenteuers, da Organson die chemische Fabrik für EVG niemals mehr bauen würde. Nun, es sei denn, sie schickten irgendwann noch jemand anders. Aber dafür müßte er oder sie sicher von weither kommen. Bis zu dem Zeitpunkt wollte Hook unbedingt mehr über die beiden Projekte — nämlich Ryder Hook und Iola Gervase —, die ihm so sehr am Herzen lagen, wissen. Dann könnte er seinen einsamen Kampf gegen die Novaleute durch mehr Kenntnisse besser planen.

Was den armen Möchtegern-Bösewicht Wazzek anging, so würde er zweifellos schon bald neue Gönner finden, die seine schlechten Gewohnheiten finanzierten.

Mia vanHusink würde Hook ebensowenig vergessen wie die arme, törichte Halita. Sharon hingegen *wollte* er vergessen.

Schon wenig später überdachte er allerdings seine Entscheidung nochmals und beschloß, nachsichtiger mit ihr zu sein. Mundo Organson würde eine ganze Menge Geld für seine Hilfsorganisation erhalten. Der Moben-Mission jedoch war mehr zugedacht. Auf Shaeel und Karg wartete eine große Überraschung, wenn sie sich alle einmal wiedertrafen.

Eines stand fest: im Mahlstrom glitzernder Sterne würde das Leben weiterhin seinen unberechenbaren, hektischen Bahnen folgen. Aber Hook verfügte jetzt über eine Trumpfkarte, die in jener wohl durchdachten Sicherheitsverwahrung unter Deck hockte.

Er weigerte sich, Prognosen zu stellen, welche Auswirkungen der ständige Einfluß von Impulsen eines Projektmannes auf ihn haben würden. Hook wollte sich nicht den Kopf über mögliche Begleiterscheinungen zerbrechen, bevor er über mehr Erfahrung verfügte.

Die atemberaubende, immer noch trotzig verschlossene Vanda sah ihn unverwandt an. Ihre großen, strahlenden Augen sprachen jedoch Bände.

»Ich meine, es ist höchste Zeit, daß wir uns einmal über unsere Beziehung unterhalten sollten, Captain.« Ihre Stimme klang rauh, die Sehnsucht schwang bei jeder Silbe ihrer Worte mit.

Aber Hook sagte nur: »Später, Vanda! Jetzt müssen wir zuerst den Tresor öffnen. Hol schnell ein paar Werkzeuge und laß uns anfangen!«

ENDE

Band 23 076

Kenneth Bulmer

Der Weltraum-Friedhof

Deutsche Erstveröffentlichung

Der Rand der Galaxis, wo die unendliche Leere beginnt, ist ein Ort für Legenden. Eine dieser Legenden erzählt von zwei befeindeten Planetensystemen. Sie erzählt von einer gewaltigen Raumflotte, die aufbrach, um den Heimatplaneten des Gegners zu erobern. Und die nie mehr gesehen wurde.
Wenn diese Legende Wirklichkeit war, dann lag irgendwo am Rand der Galaxis das größte militärische Vernichtungspotential in der Geschichte der Menschheit. Und wer die Koordinaten des Weltraum-Friedhofs kannte, war einer der meistgesuchten Männer des Universums.
Ryder Hook kannte sie.

Band 23 084

Kenneth Bulmer

Vermächtnis der Zukunft

Erstveröffentlichung

Die Nova-Männer haben ihn von Stern zu Stern gejagt: Ryder Hook, den ersten ihrer Art. Nun jagt er sie. Denn er weiß von ihrem großen Plan, der auf geheimnisvolle Weise mit ihm Zusammenhang steht und dem sie seinen Namen gegeben haben: ›Projekt Ryder Hook‹. Doch erst als er seinen Fuß auf den Planeten der Nova-Männer setzt, erfährt er die wahre Bedeutung, die sich hinter diesem Projekt verbirgt. Es geht um Leben und Tod. Nicht nur für Ryder Hook, sondern für die gesamte Menschheit . . .

BASTEI LÜBBE

Sie erhalten diesen Band im Buchhandel, bei Ihrem Zeitschriftenhändler sowie im Bahnhofsbuchhandel.